# TALONS AIGUILLES

## ET CHAPEAU DE PAILLE

Première édition : Marivole, 2016.

ISBN : 978-2-36975-180-9
Coordination éditoriale : Gilles Boizeau
Composition couverture : Isabelle Fomproix
Conception graphique : Aurélie Camarasa
aurelie.camarasa@yahoo.fr

Remerciements de l'éditeur à Nicole Mascle
et Alice Arnault Da Silva

Maud BRUNAUD

# TALONS AIGUILLES

## ET CHAPEAU DE PAILLE

Éditions La Bouinotte
26, rue de Provence, 36000 Châteauroux
www.labouinotte.fr
2021

*À Nadège pour sa confiance et son soutien :*
*T 1 Super BFF.*
*Je persiste et je resigne !*

*Maud Brunaud*

# Préface

Ayant été désignée pour rédiger cette préface, il m'appartient de confier au lecteur qu'il s'apprête à franchir la porte d'un univers merveilleux et bucolique.

Plonger avec gourmandise dans *Talons aiguilles et chapeau de paille*, c'est en effet l'assurance de recevoir une bonne dose de fraîcheur, d'énergie et de bonne humeur. Ce roman, à la fois « girly » et poétique, véritable déclaration d'amour au Berry et à ses trésors, est à l'image de l'auteur. Maud Brunaud est une jeune femme pétillante, dynamique, toujours souriante et aimable. Elle fait partie de ces personnes qui, d'un simple bonjour, ensoleillent une journée.

Ce roman léger en apparence tord le cou avec beaucoup d'humour et d'autodérision aux caricatures grossières de la province et de ses habitants. Peinture moderne et décalée du pays de George Sand que Maud affectionne tant, Talons aiguilles et chapeau de paille possède les ingrédients d'une série TV tant appréciée : des personnages attachants, une petite dose de folie, une pincée d'ironie, des rebondissements permanents et une fin que l'on adore.

Installez-vous confortablement, un coussin sous la nuque, un thé brûlant ou une citronnade à la main, quelques biscuits sur un plateau et laissez-vous embarquer dans l'univers pétillant de Maud et Amandine. C'est parti !

Frédérique ROSE

## Note à mes lecteurs (s'il y en a un jour...)

Il y a quelques années, un petit bouquin a connu un grand succès public. Il s'agissait de *La femme parfaite est une connasse*, ou l'autopsie acide et effrontément ironique d'une génération à la recherche d'un graal qui n'existe sous aucune forme humaine. Scarlett Johansson y était crucifiée en place publique comme Marilyn l'aurait été en son temps. Dans ce livre, on vantait les mérites de la femme dite « normale », pleine de défauts, de mascara qui coule, de kilos et de cellulite en trop. On voulait sortir de ce monde de préjugés qui voulait qu'une femme soit belle, pulpeuse, mince, intelligente et plus si affinités. À force de désirer s'affranchir de ce stéréotype, on glissait lentement mais sûrement vers un autre type d'addiction : « La femme imparfaite est une bombasse. » D'un extrême à l'autre, les théoriciennes de Cosmopolitan nous forçaient à rentrer dans un moule qui était trop petit ou bien trop grand et se fichaient éperdument de notre bien-être... C'est d'ailleurs toujours le cas...

Ce livre, il y a quelques années, je l'ai parcouru et n'y ai strictement rien compris parce que, et d'une, j'étais loin d'être une « femme imparfaite » – enfin, c'est ce que je pensais –, et de deux, j'étais une « vraie connasse » – mais je ne le savais pas encore –, et cela sans conteste.

Voilà l'histoire que je vais vous raconter : comment je suis devenue moi… ni une femme parfaite… ni une connasse… juste moi et bien dans ma peau.

Tout commence à Paris, capitale intersidérale de la branchitude.

Paris donc…

Enfin presque…

# 1

Je suis merveilleusement allongée sur mon matelas à mémoire de forme. Le simulateur d'aube que mon boyfriend m'a offert il y a un mois va bientôt commencer à inonder la chambre d'une douce lumière matinale. Ma journée sera parfaite. Ma Nespresso se déclenchera automatiquement et la note subtile et fruitée de mon Vivalto Lungo emplira la cuisine, le salon, jusqu'à venir chatouiller mes narines. Les volets à énergie solaire dévoileront la capitale à mes pieds tandis que je savourerai l'article d'*Elle* que je n'ai pas fini hier soir, « 7 exercices pour apprendre à respirer ». La vie est belle. Mon Alexandre est plus beau, intelligent et ambitieux que George Clooney, Robert Downey Jr et Jay-Z réunis. Je suis même certaine qu'il va bientôt passer à l'offensive et m'offrir le mariage (et le diamant) dont je rêve. J'imagine la cérémonie sur une plage de Los Angeles avec les invités triés sur le volet, quelques peoples, ma robe… À quel créateur demanderai-je de la dessiner ? Peut-être à Nicolas Ghesquière de chez Balenciaga… Johnny Coca pourrait aussi s'avérer un choix intéressant…

Tout à coup, une sonnerie immonde, assortie d'une chanson qui l'est tout autant, transperce mes tympans et foule au pied mes rêveries. « *Wake me up before you go go / Don't leave me hanging on like a yo-yo / Wake me up before you go go / I don't want to miss it when you hit that high…* » Que se passe-t-il ? Pourquoi mon réveil luminothérapie ne fonctionne-t-il plus ? Pourquoi mon matelas semble-t-il si dur comme si des ressorts me vrillaient le dos ? Quelle est cette odeur insupportable de vieux, de cire et de café bon marché ?

Je ne sais pas si je dois ouvrir les yeux. J'essaie d'attraper mon iPhone sur ma table de chevet mais il n'y est pas. Ça y est. Je suis perdue. C'est un cauchemar. On m'a enlevée et je suis séquestrée dans une cave en attendant que mon Alex d'amour vienne me sauver. Ils en veulent à son argent, c'est certain.

Dans un dernier mouvement de rébellion, je finis par soulever mes paupières et là, c'est le carnage. Pire qu'un cauchemar, c'est ma nouvelle réalité !

Alors que mes yeux font un point sur le décor qui m'entoure, je me souviens… En face de moi, une vieille armoire en chêne qui ne tient debout que parce que c'est la mode. Mes draps sont brodés de fleurs des champs. En guise de chevet, une simple chaise en bois à l'assise en paille sur laquelle repose un réveil qui doit bien avoir… pfff… 30… M♒↘hm♒↘ Quelle horreur, c'est le mien quand j'étais ado ! J'appuie plusieurs fois dessus pour le faire taire et me défaire de ce hit des années 80.

Les rideaux sont tirés mais la tringle est cassée et un rai de lumière s'insinue dans la chambre pour me brûler les yeux. Je veux sortir. Retourner chez moi. Mes volets roulants électriques et solaires. Ma Nespresso. Mon lit. Mes draps de soie. Mon diffuseur d'ambiance à la fleur d'oranger apaisante et rafraîchissante.

Brusquement, ma tante Solange se matérialise à l'entrée de cet espace de désolation dont elle a ouvert la porte à la volée (on n'a même plus d'intimité ici !). Solange ! Tante Solange ! La soixantaine. Blouse à fleurs. Bigoudis dans les cheveux, qui n'ont pas vu un coiffeur depuis la sortie du téléphone portable. Au pied, crocs violettes, sans doute pour faire « in ». Je ne sais pas.

Un sourire radieux aux lèvres, elle assène :

— Didiiiine, ta chicorée est prêêêête !

Et là, je voudrais mourir… de honte, d'effroi, peu importe, mais que ça aille vite.

Je suis en Berry.

Montipouret.

Village improbable de 500 âmes.

Je suis de retour chez moi.

— T'as un morceau de radillat[1] d'hier avec, toi qu'adores ça !

Je marmonne quelque chose à l'intention de Solange et elle referme la porte.

— Encore 5 minutes de répit, ma Didiiiine, après j'ai besoin de toi pour les chèvres !

Les chèvres ? Quelles chèvres ! ? Ma mémoire est difficile à apprivoiser… Finalement, après une intense

---

1. Galette de pâte fabriquée rapidement avec du saindoux ou de la crème de lait et communément appelée « pain bénit ». Aliment déconseillé par tous les diététiciens qui se respectent.

concentration, je finis par tout retrouver et l'histoire se recompose à la manière d'un puzzle à la fin tragique… Solange possède une ferme et je suis là pour l'aider ! Parce que ? Parce que ?

Horreur et damnation !

# 2

Il me reste 21 jours à tenir. Soyons positif, je vais soigner mon corps et mon esprit. J'ai lu il y a peu, dans *Vogue*, l'histoire d'une femme qui était partie en retraite dans un monastère. Cela l'aurait aidée à faire le point sur sa vie, à accéder à une autre dimension, à réfléchir à des questions en profondeur. Oui, c'est ça ! Je suis en retraite spirituelle ; je vais élever mon âme ! À l'image de Madonna, je prends du recul sur ma vie, je m'éloigne de la civilisation pour me retrouver avec mon « moi » intérieur. Je ne me pose pas spécialement de questions. Je suis sûre de moi et de mon utilité pour la race humaine mais peu importe... Suivre le chemin tracé par la Madone, c'est tout à fait mon style et mon ambition dans la vie. Et puis, à défaut, je reviendrai avec un teint de pêche et des ongles renforcés ! En plus, le lait de chèvre est particulièrement nutritif, à l'instar du lait maternel. Il est hydratant et riche en radicaux libres. Il contient notamment du co-enzyme Q10, une vitamine anti-oxydante qui lutte contre le vieillissement cellulaire et cutané et redonne à l'épiderme souplesse et élasticité. Les filles vont être jalouses !

Ce silence, par contre, c'est abrutissant ! J'ai beau tendre l'oreille, aucun bruit familier pour me rassurer. Pas de klaxons, de crissements de pneus, de passants qui hâtent le pas pour ne pas rater le métro. Rien, le néant. Finalement, à bien écouter, j'entends les pépiements des oiseaux ; on dirait la bande son des magasins Nature et Découvertes. Une mélodie douce, zen, déconcertante.

Je suis arrivée hier chez Solange, à Montipouret. C'est le Berry. Vous savez, cette région dont les mérites étaient vantés, il y a quelques années, par Pierre Arditi sur les radios nationales. Il la prétendait « dans l'air du temps »... Pierre, je l'adore. Il est super sexy mais il ne devrait pas se dévoyer ainsi. Enfin, ça doit bien payer, c'est l'important. Bref, je suis à la campagne, dans la vraie campagne, profonde et désolée, avec ses champs, ses chèvres, ses sorciers, ses sabots et ses blouses fleuries.

J'ai décidé de tenter cette nouvelle expérience à la suite de – comment dire ? – différents « imprévus » sur lesquels je n'ai pu interagir... Tout a commencé avec le départ d'Alex pour la Californie. Alex a tout ce qu'il faut, là où il faut. C'est un éphèbe grec avec un dressing au taquet et un carnet d'adresses long comme les jambes de Charlize Theron. Il doit être super-intelligent aussi puisque son patron lui a offert une promotion et l'a envoyé en formation dans une concession Porsche de Los Angeles pour apprendre à gérer le développement commercial de la firme. Alex a-t-il des défauts ? En fait, oui, deux : un léger strabisme (du coup, il porte souvent des lunettes de soleil) et une propension parfois assez irritante, je le reconnais, à détenir LA vérité.

Alex est ainsi parti de l'autre côté de l'Atlantique, avec sa serviette Vuitton (cadeau pour nos six mois ensemble, lui m'avait offert des pendants d'oreilles Swarovski) et ses bagages Samsonite, en me laissant seule dans notre appartement du sixième arrondissement. Tout se passait très bien ; nous communiquions via Skype et notre vie de couple se poursuivait comme avant, par écran interposé. Pas de changement. Nous continuions à siroter un verre de vin ensemble le soir en rentrant du boulot – du bordeaux pour moi, un Niebaum-Coppola pour lui. Discussions agitées sur la politique (enfin, monologue agité d'Alex sur le sujet), échanges de conseils sur notre ascension professionnelle (quelle cravate porter lorsqu'on rencontre un gouverneur), ainsi que d'informations capitales sur la vie de notre immeuble (la fille du douzième a-t-elle emménagé avec l'artiste bobo du quatrième ?). Nous faisions même l'amour… enfin, presque. C'est quand même plus agréable et facile lorsqu'on est dans la même pièce, mais bon, avec deux ou trois petites phrases coquines et un semblant de strip-tease, le tour est joué. De toute façon, Alex n'est pas très intéressé par cet aspect de notre relation. Cette situation n'avait donc que des avantages : plus de vêtements sales éparpillés dans l'appart, pas de match de tennis à supporter, pas de lunette des toilettes à baisser. Et quand l'envie de me faire une soirée plateau-télé me prenait, aucun compte à rendre ; il me suffisait de ne pas me connecter.

J'étais donc parfaitement heureuse avec la vie que nous menions jusqu'à ce qu'ELLE fiche tout en l'air ! Elle, c'est la blonde siliconée qui sert d'assistante à mon Alex. Un cliché monté sur talons. Je ne l'ai jamais vue mais je suis certaine qu'elle est blonde (parce que je ne le suis pas, enfin, pas vraiment) avec une grosse poitrine (contre œufs au plat pour moi) et qu'elle n'a pas inventé l'eau chaude (au moins, moi, j'ai eu mon bac !). C'est plus simple, dixit Alex, de vivre une relation avec une personne que l'on voit tous les jours. Un peu d'imagination, que diable ! Nous aussi, on se voyait tous les jours. D'accord, on ne pouvait pas se toucher mais on vivait des choses incroyables, une nouvelle aventure qui ne faisait que renforcer notre attachement. Enfin, c'est ce que je croyais. Follement amoureux de sa bimbo, il m'a donc demandé de ne pas venir passer le mois de juillet avec lui (comme c'était initialement prévu).

— Mon chou, ça doit être le décalage horaire, la fatigue. Qu'est-ce que tu manges ? Est-ce que c'est bio ? Tu n'es là-bas que depuis deux mois ! Tu ne peux pas tout chambouler en si peu de temps. On s'aime tous les deux, depuis trois ans ! Trois ans, ça compte ! Je viens le 3, justement, tu vois, c'est un signe, et on reparle de tout ça...

— Tu ne comprends pas. Je l'aime.

— Arrête de répéter ça. Tu n'es pas dans ton état normal. Tu dois boire trop de café. La dernière fois, en octobre, tu en prenais deux ou trois tasses dans la journée parce que tu étais overbooké et je ne te reconnaissais plus. Je vais venir. Je peux même arriver plus tôt...

Et là, la conversation s'est achevée, ma voix ne trouvant comme seul écho que la tonalité d'un appel en PCV.

Comme toute femme qui se respecte, je me suis donc précipitée dans le congélateur à la recherche de la boîte d'Häagen-Dazs vanille-noix de macadamia que j'ai scrupuleusement dévorée… avant d'être prise de maux de ventre terribles et de me retrouver dans « un endroit spécifique »[1], à verser toutes les larmes de mon corps sur mon amour perdu et mon intestin en vrac.

Quelques heures plus tard, ma fierté s'est éveillée lorsque mon iPhone a vibré. J'avais un tweet d'un de mes followers[2] : « Quand pars-tu missssssss ? Top jalouse of you girl #AmandaL.A.[3] »

Là, je me suis dit qu'il fallait que je trouve un mensonge intergalactique propre à endormir tous les tweets à venir… Sur le Net, ma page Facebook et mon compte Twitter sont suivis, chaque jour, par toutes mes copines, collègues, anciens camarades de classe… en somme, presque toutes les personnes que j'ai croisées dans ma vie. Ils sont 3386 ! La classe ! Je ne cesse de publier selfies, conseils et infos sur ma vie privée pour entretenir la flamme et briller en société. Mes followers savent tout (ou presque) de moi et je suis ravie qu'autant de personnes s'intéressent à moi.

---

1. Ce n'est pas vrai ! Vous n'avez pas compris ? Vous voulez un dessin ? Le cabinet d'aisance, ça vous dit quelque chose ?

2. Langage propre à Twitter, site communautaire : un tweet est un message et un follower, un abonné à votre flux Twitter.

3. Hashtag : mot clé précédé d'un signe #, publié dans un tweet. Le hashtag est une étiquette qui permet de regrouper ensuite les messages autour d'un thème, d'un lieu ou d'un événement.

Si vous m'ôtez mon portable, ne serait-ce que deux heures, je me dessèche, agonisante victime d'une cyber-addiction. Bref, moi qui avais prévu de les faire saliver d'envie et baver de jalousie avec mon voyage à L.A., je me retrouvais un peu le bec dans l'eau. La meilleure chose à faire, c'était encore de ne rien faire ! Ne rien dire ! Continuer à évoquer mon mec sans jamais citer son nom (Alex n'avait jamais voulu que je donne ses nom et prénom), faire croire à tout le monde que je partais toujours et leur donner à voir des images magnifiques de mon pseudo-périple à Hollywood à grands coups de Photoshop.

La vérité ? Impossible ! Elle était trop crue…

Alors que je tweetais une réponse, mon iPhone vibra. Un appel.

Le visage de mon père s'afficha sur l'écran.

— Amandine…

— Amanda, papa. Maintenant, c'est Amanda !

— Excuse-moi, je ne m'y ferai jamais, ma puce… Je n'ai pas beaucoup de temps pour te parler. Ta mère et moi allons embarquer d'ici quelques minutes.

— Oui, le Japon, c'est ça cette fois-ci ?

— Absolument. Ravi de voir que tu te souviens parfois de ce qu'on te dit !

— Papa…

— Je te taquine, chérie. Un peu d'humour ne fait pas de mal, tu sais… Je me dépêche, c'est important… Ta tante Solange a besoin de toi de façon très très urgente. Elle s'est cassé la cheville et elle se déplace difficilement. Elle ne peut pas s'occuper seule de la ferme. Il faut que tu y ailles. Ton oncle Robert est trop âgé pour aller lui porter secours… Il ne reste que toi !

J'ai mis de côté le combiné quelques instants, histoire de réfléchir rapidement mais consciencieusement à ma situation :

1. Alex m'avait larguée mais personne ne devait le savoir. Trop la honte !

2. J'étais censée partir trois semaines aux États-Unis. Or, je n'avais plus personne pour m'accueillir et, concrètement, plus assez d'argent pour me payer un voyage ailleurs. Donc, où aller ?

3. Il fallait également que je songe à mon appartement dont le loyer était trop cher pour moi seule. Je travaille dans une boîte d'événementiel qui tourne plutôt bien ; cependant, je ne touche pas plus de 1800 euros par mois.

La solution était toute trouvée.

— Ok mais à une condition !

— C'est ta tante, Amandine. Amanda, pardon ! Tu exagères !

— Oui, mais j'ai une vie, moi !

— D'accord, quelle condition ? répondit mon père de guerre lasse.

— Une petite aide financière pour payer le loyer de mon appart.

— Alex et toi, vous avez des problèmes ?

— Lui, je ne sais pas, mais j'espère. Il m'a quittée. Moi, oui, parce que j'aime mon appartement et que sans toi, j'ai pas les moyens de le garder… S'il te plaît, Papa ? Tu as quand même bien conscience que je vais aller m'enterrer trois semaines au fin fond du trou du c… du monde, simplement pour vous rendre service ? Je mérite un joli cadeau en retour !

Avec un air de violon, mes yeux de petite fille triste et mon ton boudeur, c'est passé tout seul. Mon père ne peut rien contre mon pouvoir de persuasion.

Je leur ai souhaité bon voyage et ai mis fin à la communication. Ce n'est que là que j'ai réalisé que mon cerveau avait tourné, certes rapidement, mais qu'il ne s'était guère montré réaliste.

Trois semaines !

À Montipouret !

C'était pire que *Koh-Lanta*.

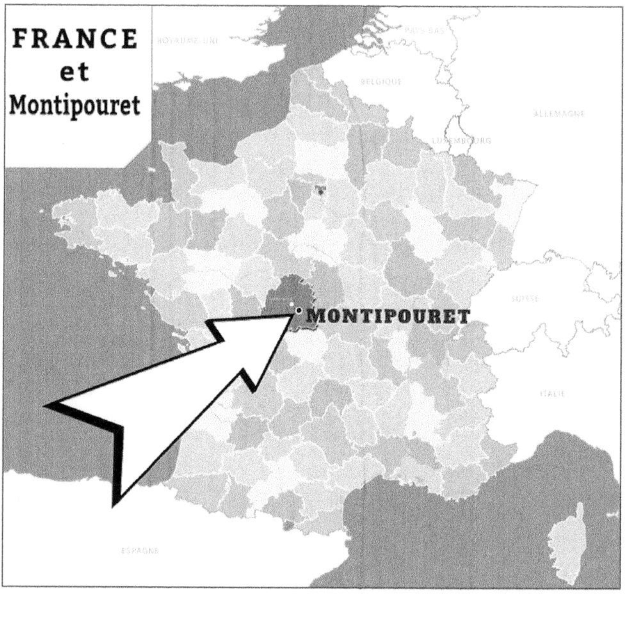

# 3

Lorsque je débarque dans la pièce à vivre pour prendre mon petit déjeuner, une odeur de Ricard me saisit et un haut-le-cœur étreint ma poitrine aussitôt. Je regarde immédiatement ce qui cause ce trouble et mon regard se pose sur un homme joufflu qui bavarde avec ma tante. Il a le teint rubicond, s'exprime en faisant de grands gestes et rit très fort.

— Alors, ma p'tite dame, dur dur le réveil à la campagne ? m'interpelle-t-il.

— Dédé, l'embête pas alors qu'elle vient de s'lever ! C'est pas du matin, ces Parigots, c'est normal… Dis-moi plutôt, elle est ti pas jolie, ma nièce ?! Hein, vieux grincheux ?

— Pour sûr, répond du tac au tac le dénommé André.

Solange lui sert une nouvelle tasse de chicorée et en verse pour moi. Soudain émerveillée, je me pose derrière mon bol… c'est MON bol ! Celui que papa et maman m'avaient rapporté d'un voyage à Concarneau avec mon prénom dessus et un couple de Bretons enlacés dans le fond… Alors ça, j'aime. 

Je trempe délicatement les lèvres dans la préparation de Solange et rechigne dans mes moustaches parce qu'il n'y a pas de « vrai » café. Pour toute réponse, elle me tend un morceau de radillat que j'immerge dans sa potion magique d'une obscure clarté.

Ils continuent à discuter ensemble pendant que je déjeune tranquillement. Je jette un coup d'œil sur la table et me rends compte qu'effectivement, André tourne à la chicorée et qu'il n'y a pas trace d'alcool. Alors d'où vient cette odeur de Ricard qui transpire des pores de sa peau ? En l'étudiant de plus près, subrepticement, je me rends compte qu'il n'est pas du tout saoul ou éméché et qu'il est correctement vêtu... enfin, aussi correctement que peut l'être un autochtone. En effet, il porte une chemise à manches courtes à gros carreaux rouges avec une vague découpe western sur la poche gauche, un pantalon de toile gris avec un feu de plancher remarquable et des sabots en plastique comme s'il s'apprêtait à aller jardiner. À Paris, les excentriques sont légion mais des comme André, on n'en trouve pas... enfin, pas dans mon cercle d'amis en tout cas. Nonobstant sa mise et son parfum alcoolisé, sa conversation semble réjouir ma tante.

Solange est l'exception qui confirme la règle... Alors que nous sommes tous assez petits dans la famille (papa ne dépasse pas le mètre soixante-cinq et maman est minuscule), la sœur de mon père est une espèce de girafe qui culmine à un mètre soixante-douze pour cinquante-six kilos. Elle me tue... Moi qui cherche tous les jours de nouvelles astuces pour ne pas grossir – j'ai renoncé à grandir lorsque j'avais huit ans –, je suis obligée d'avoir sous les yeux le sosie de Kim Basinger ! Solange a soixante et un ans et n'a aucune ride alors qu'elle ne s'est jamais acheté une seule crème pour le visage et qu'elle sort par tous les temps, qu'il givre, pleuve, vente, neige ou que le soleil soit à son zénith. Elle ne mange pas bio. Elle ne refuse jamais un verre de vin ou une tranche de saucisson. Elle ne fait pas de sport et pourtant, elle est musclée. Son corps n'a pas rendu les armes ; il continue d'être ferme malgré les années. Elle me dégoûte. Ses cheveux sont longs, ondulés et blonds et une seule et unique mèche, foncièrement blanche, trahit le secret de sa naissance. Elle est belle, ma Solange. Mais qu'est-ce qu'elle est mal habillée ! Cristina Cordula hurlerait en la voyant : « Faut entièrement revoir ton dressing, ma chériiiiie ! Ça va pas du tout ! Le legging, même pour toi, c'est un fashion faux-pas ! Faut te secouer le coco ! »

Soudain, un coup à la porte me fait sursauter et une chèvre fonce sur moi. Je me recroqueville tandis qu'elle essaie de me lécher ou de m'attraper un bras, je ne sais pas très bien.

André et Solange partent d'un éclat de rire en essayant de me rassurer.

— C'est pas un loup, ça mord pas une *chieuve*, en tout cas pas ma Jacotte ! Viens ma Jacotte, viens voir maman. Je vais te donner un bout de pain, ma belle.

La chèvre, qui doit peser environ une quinzaine de kilos, se jette aussi sec sur ma tante et lui subtilise rapidement le pain. Elle revient vers moi et me regarde fixement.

Elle veut quoi, elle ? Moi, je parle pas le chèvre ! Elle mord pas, peut-être, mais de là à avoir la copine de M. Seguin comme animal de compagnie, il y a une marge. Et puis, c'est quoi cette odeur ! Mêlée au Ricard, ça empeste, ici !

Elle continue de m'observer sans bouger.

— Tu peux lui dire d'arrêter, Solange, s'il te plaît ? Elle me fait flipper, cette chèvre.

Ma tante ne se donne même pas la peine de me répondre et explose à nouveau de rire.

Je décide donc de prendre le taureau par les cornes et rive mon regard à celui de Jacotte. Il n'est pas écrit qu'une chèvre me fera baisser les yeux. Au bout de cinq minutes, les rires s'estompent. Je n'en ai pas fini avec Jacotte pour autant.

— Allez, Didine, va te changer ; ses copines attendent. J'ai besoin de toi pour le foin et les grains.

En écho à Solange, Jacotte bêle bruyamment et avance vers moi avec un regard vaguement belliqueux. J'enfourne le dernier morceau de radillat et disparaît dans la salle de bains.

Sous la douche, je me frotte énergiquement le visage, histoire de me débarrasser des derniers restes de sommeil. Il est 7 h 30 quand même, c'est un peu tôt pour un dimanche matin. Enfin, bref, je suis là pour aider ma tante, alors il va falloir que je m'y fasse !

Je suis arrivée hier, tard, et le voyage a été très éprouvant. À cause d'un incident sur la voie entre Paris-Austerlitz et Châteauroux, mon train a fait un arrêt forcé à Vierzon. J'ai cru mourir là-bas ! Vierzon, c'est Beyrouth… en pire ! La gare est sombre et ténébreuse, les gens sont hostiles et nerveux. Impossible de m'acheter un sandwich aux crudités FRAIS ou, au pire, un gaspacho ! Rien que des crackers et un marchand ambulant qui proposait des vieilles tartines au beurre et aux rillettes. Le service de l'hygiène n'est sans doute pas au courant de l'activité de ce monsieur, mais il serait sans doute très intéressé de voir comment il prépare et conserve ses produits. Autour de lui, les clients se massaient et semblaient ravis d'avoir quelque chose à se mettre sous la dent. Quand on a faim, on mange n'importe quoi ; ceci explique donc cela.

Quand le signal du départ a enfin retenti, j'avais le ventre vide et les idées noires. Dans mon compartiment, ça sentait la sueur, les chips et la rillette. On trinquait à la bière et on lançait des blagues aussi grasses que ce qu'on avalait. Que du bonheur !

Par la fenêtre, le paysage était peu à peu grignoté par la nuit et les images défilaient tranquillement, tellement tranquillement que ça en était suspect ! La nouvelle nous parvint un instant plus tard par l'interphone. De sa voix métallique, la SNCF nous avertissait que notre train devrait rouler à une vitesse de 50km/h seulement car une erreur d'aiguillage s'était produite à hauteur d'Issoudun et qu'il nous fallait donc réduire notre allure afin de ne pas « pousser » le train qui était devant nous ! Du grand n'importe quoi ! Un véritable sketch.

À Châteauroux, je n'étais pas encore à la fin du périple puisqu'après avoir retrouvé Solange et l'avoir étreinte tendrement, elle se posta en claudiquant devant une 2 CV rutilante. Un gros bonhomme en sortit – j'appris ensuite que c'était le maire de Sarzay, village proche de celui de Solange – et chargea ma valise

Samsonite et mon vanity Lollipops à l'arrière où je m'installai également.

Solange sortit de son sac un paquet mystérieux entouré d'aluminium. Elle me le tendit avec un grand sourire. Sandwich cornichons/rillettes.

Au début, tout s'est bien passé ; l'allure était certes lente, mais la voiture n'était pas trop inconfortable. Mais en quittant la Départementale, les petites routes où il fallait se mettre dans le fossé pour laisser passer le véhicule en sens inverse et les virages en épingle à cheveux se succédèrent à un rythme effréné, tandis que M. le Maire conduisait la 2 CV sans se soucier réellement du tracé de la route et à une vitesse de dingue. *Fast and Furious* en Vallée Noire, rien de moins ! J'ai bien dû faire ma prière quinze fois. En voyant le panneau d'agglomération indiquant Montipouret, j'aurais pu chanter Alléluia toute la nuit avec un groupe de gospel de La Nouvelle-Orléans tellement j'étais soulagée.

Dans le miroir, mon reflet est un peu fané. Mes extensions semblent fatiguées et mon teint a bien besoin d'un peu d'illuminateur. J'ouvre mon vanity et commence mon œuvre. D'abord, utilisation du fer à lisser pour des cheveux raides comme des baguettes de tambour puis (et dans cet ordre) anti-cernes, fond de teint, poudre libre, poudre de soleil irisée, fard à paupières, eye-liner, mascara, crayon contour des lèvres et rouge à lèvres. Me voilà enfin redevenue moi-même. Amanda dans toute sa splendeur ! D'ailleurs, il faudra que je tente de faire comprendre à Solange qu'à présent, c'est Amanda, plus Amandine. Amandine est un vieux prénom, lubie de mes parents qui sont de grands gourmands. Amandine, c'est tout simplement le nom de leur tarte préférée, que l'on nomme également tarte Bourdaloue ! Amanda, c'est quand même mieux, plus chic et glam. C'est Amanda Seyfried, Amanda Sthers, Amanda Bynes ! C'est un prénom pour moi ! Pas question de revenir en arrière.

En jogging blanc étincelant, je rejoins Solange à la cuisine pour constater qu'elle n'y est plus. Demeure un vague parfum de chèvre à l'anis. Je me pose donc dans le canapé défraîchi mais confortable afin de jouer avec mon iPhone. Mais le dieu des télécommunications n'est pas avec moi et mon portable ne capte pas. Je me mets à errer dans la pièce à la recherche du signal tant convoité, sans guère de succès. Peut-être en montant sur la table de la cuisine ? Tentative payante. Cependant, la position abracadabrante dans laquelle je suis n'est pas très facile à tenir et ne me permet pas de voir l'écran complètement ! À cloche-pied, une main tendue vers le plafond, le plus possible sur la gauche, l'iPhone émet un bip : il reçoit mes messages !

À ce moment-là, Solange, suivie de Dédé et Jacotte, pousse la porte et me trouve dans cette curieuse posture. Tous trois me jaugent d'un œil inquisiteur. Finalement, André me tend la main :

— Viens par-là, gamine. J'vais te faire *déguieucher*[1] de là-haut. T'es un peu *foucaral*[2], toi !

---

1. Descendre d'un perchoir.
2. Personne fantasque.

# 4

La maison est éloignée du village de quelques kilomètres. Entre deux champs, entourée de barrières pour celui de gauche, de haies pour celui de droite, on y accède par un chemin de pierre qui s'élève paisiblement jusqu'à la cour. Les bâtiments sont pratiquement dans le prolongement les uns des autres. À droite, se trouve la grange à porteau où vivent les chèvres et dans laquelle Solange fait ses fromages. Une autre grange, plus loin, semble abandonnée. Sur le côté, une cour de belles dimensions où une quinzaine de poules et un coq fier comme un bœuf picorent pacifiquement sous le regard bienveillant de deux ânes, installés dans le champ d'à côté. Un peu plus loin, la maison d'habitation dans la plus pure tradition berrichonne : sans crépit, uniquement en pierres apparentes, de toutes les tailles, toutes les époques, à l'image des tuiles du toit qui se parent d'une variété de couleurs allant de l'ocre au marron. Un véritable patchwork architectural, tout en longueur, de plain-pied, avec de petites fenêtres aux volets de bois. J'ai l'impression que cette maison existe depuis des lustres. George Sand, qui évoque si souvent ce pays qu'elle nomme la « Vallée Noire » – sans doute parce qu'on y broie du noir sans discontinuer –, a dû connaître et fréquenter cette « masure », comme dit Solange.

Un peu partout, des fleurs des champs réchauffent les pierres de leur délicat parfum, s'enchevêtrent les unes aux autres et égaient le lierre qui tente d'escalader la façade nord. Il règne, chez Solange, une espèce de capharnaüm organisé. Sur certains appuis de fenêtres, elle a disposé divers bibelots (petits pots en céramique de différentes couleurs, vieux outils de jardinage, bougeoirs, etc.). Des sorcières lancent des éclairs depuis le haut des volets et des gnomes se cachent au détour d'un chemin ou derrière une vieille porte en bois. Rien ne semble à sa place et pourtant, rien ne semble de trop.

Il en est ainsi, ici, comme partout ailleurs dans cette région. On mêle le vieux au rénové-modernisé sans que personne ne soit choqué. On conserve d'anciennes traditions paysannes et on les utilise dans de nouvelles manifestations. Être si attaché à son passé me fait froid dans le dos cependant.

Dans le souci évident de m'éduquer et face à ma mine dubitative quant à la beauté du paysage, ma tante me sort un bouquin de sa bibliothèque et m'en lit un passage. George Sand y évoque la Vallée. Cours de géographie : Acte 1 ! *« C'est un pays de petite propriété, et c'est à son morcellement qu'il doit son harmonie. Le morcellement de la terre n'est pas mon idéal social ; mais, en attendant le règne de la fraternité, qui n'aura pas de raisons pour abattre les arbres et priver le sol de sa verdure, j'aime mieux ces petits lots divisés où subsistent les familles indépendantes, que les grandes terres où le cultivateur n'est pas chez lui, et où rien ne manque, si ce n'est l'homme.* » C'est troublant de constater à quel point rien n'a changé et à quel point cette constatation ne trouble personne !

— Si seulement tu voyais les choses avec un autre regard, que tu voyais les belles choses autour de toi au lieu de…

— Solange.

— Oui, je sais, je fais ma vieille ringarde, mais parfois, j'avoue que tu démoraliserais un régiment. J'aimerais bien que tu sois comme avant…

— Solange !

— Oui, je sais, rebelote ! Que veux-tu, tu m'ref'ras pas !

— Moi non plus ! lui souris-je triomphalement.

— Sans doute, mais tu vas aller te changer illico parce que ton habit, là, ça va pas du tout. Tu vas te dégueulasser. C'est pas une tenue pour aller aux poules.

Je la regarde comme deux ronds de flan. Je suis habillée décontract' ! C'est même un survêtement que je ne porte jamais en dehors de la maison parce qu'il fait peut-être un brin vulgaire avec le mot « PLAY » brodé en gros sur les fesses et les fermetures Éclair dorées. Un peu trop bling-bling ? Du coup, je le garde pour traîner.

— Ben, j'ai pas autre chose, alors faudra que ça aille, ma tata !

Elle me jette un coup d'œil. Un sourire s'insinue sur son visage.

— Je vais te prêter des bottes alors, parce que les baskets compensées, ça non plus, c'est pas pour les poules. Je croyais que les filles des villes, ça savait se nipper, mais…

— Se quoi ?

— Laisse tomber.

Voici donc les fameuses poules de Solange qui lui sont aussi précieuses que ses chèvres… Pour nous conduire jusqu'à leur antre, c'est Jacotte qui prend la direction des opérations et nous précède. Elle me fait un peu penser à un chien de garde. C'est vraiment incroyable que Solange ait pu l'apprivoiser et l'éduquer jusqu'à ce qu'elle devienne un véritable animal de compagnie.

Une petite partie de la grange sert de lieu de couchage et de ponte aux poules. À l'intérieur, Solange a installé des pondoirs et de la paille fraîche est répartie un peu partout. La cour, sur laquelle s'ouvre la grange au moyen d'une porte en bois, permet aux gallinacés de vagabonder tranquillement, de gratter, de picorer. Divers mangeoires et abreuvoirs sont répartis un peu partout et des perchoirs hérissent le sol çà et là.

Solange s'assoit sur un petit muret qui délimite la cour des poules et commence à me donner ses recommandations. Elle semble un peu fatiguée ce matin, alors je me mets en devoir de ne pas la décevoir et d'appliquer strictement ses ordres.

— Les poules sont peut-être faciles à élever mais elles demandent beaucoup de soins et d'investissement. Si on n'y fait pas attention, elles peuvent attraper toutes sortes de maladies qui s'avèrent parfois fatales. Ça ne m'est jamais arrivé – et je touche du bois (elle se tape doucement la tête) – parce que, et d'une, j'adore mes poules, et de deux, j'en prends très très soin… D'abord, tu vas commencer par vérifier s'il n'y a pas d'œufs puis tu changeras toute la paille à l'intérieur pour enlever les crottes et le reste. Ne dérange jamais une poule lorsqu'elle couve parce que sinon, t'auras affaire à moi !

— Pourquoi ?

— Toi, quand tu accoucheras, t'aimeras pas être dérangée, eh ben elles, c'est pareil. Faut leur ficher la paix ! Une poule, ça aime la tranquillité, le calme. Alors, tu bouges dans le poulailler doucement et que je ne t'entende pas crier parce qu'y en a une qui t'a chopé le pantalon ! T'inquiète, c'est pas des crocodiles.

Elle me tend le panier en osier et j'entre pour me mettre en quête d'œufs. Si Jacotte cocotte, les poules ne sont pas en reste ! Pas moyen de respirer là-dedans, j'ai plutôt intérêt à me dépêcher. J'exécute ma tâche rapidement puis saisis la fourche pour ôter la paille souillée. Je vide les cageots en bois dans lesquelles les poules dorment et renouvelle la paille. Après ce petit nettoyage, j'ouvre la minuscule fenêtre histoire d'assainir, autant que faire se peut, l'air ambiant.

Solange accueille la première partie de mon travail avec un sourire bienveillant. Ne reste plus qu'à nettoyer le sol extérieur en ramassant les crottes, à changer l'eau et à remettre des graines.

J'évolue dans la cour, constamment suivie par le coq qui me jauge d'un œil belliqueux. Il se demande sans doute pourquoi je trouble la quiétude de son harem. Tout à coup, alors que j'achève mon travail, je lui fais face. Il se met alors à agiter les ailes de façon exagérée pendant deux bonnes minutes puis il me charge. Je recule, fuis et saute la clôture avec une agilité dont je ne me croyais pas capable.

Forcément, Solange, qui n'en a pas perdu une miette, est aux anges et rit à gorge déployée.

— Il est méchant, ton coq ! C'est quoi ce monstre à crête ! ?

— Ça faisait longtemps que je n'avais pas vu mon Valentin aussi hardi, répond ma tante entre deux rires. C'est un coq, ma chérie. Ici, c'est la hiérarchie du coup de bec qui prévaut. Tu n'es pas à ta place, tu n'es pas un gallus et il te le fait sentir !

— Je ne comprends rien à ce que tu dis…

— Pour un coq, il n'existe que deux mondes : le sien, celui des coqs, des dominants, et celui des poules, les dominées. Toi, tu arrives comme un éléphant au milieu d'un jeu de quilles et il doit décider dans quel camp il te range, donc il te teste… Et là, concrètement, ma Didine, t'es une poule !

Ma fierté piquée au vif par les rires de Solange et l'attitude du coq, je décide de prendre les choses en main. Je retourne donc manu militari (avec ma fourche à l'envers, je ne veux pas faire de mal à cette pauvre bête) dans la cour, histoire de lui montrer à qui il a affaire. Je cours après lui, le bloque dans un coin et tente de lui mettre des petits coups de fourche sur la tête pour calmer ses ardeurs. Mais sa réaction me déconcerte totalement. Il est loin d'avoir peur de moi. On dirait que mon envie d'en découdre avec lui l'excite même un peu plus. Ses ailes s'agitent violemment en l'air et il fonce à nouveau sur moi. Je m'échappe à nouveau en passant la clôture.

Notre joute ne cesse de mettre Solange en joie et ses éclats de rire sont autant de coups portés à mon orgueil.

Devant ma mine défaite et mon regard de petite fille aux abois, elle quitte son siège et part en direction de la fromagerie. Elle en revient bientôt avec une paire de gants en plastique, rose fluo, type ménagère des années cinquante.

— Enfile ça et suis mes conseils !

Une minute plus tard, je suis de retour dans l'arène.

Il me fait face, sa crête flamboyante hérissée sur le sommet de son crâne.

Son regard est mauvais. Il sait qu'il va y avoir combat.

Je plante mes yeux dans les siens puis me lance à sa poursuite. Je cours en tous sens pour mettre la main sur lui mais à chaque fois que je le sens au bout de mon bras, il s'esquisse. Ce coq est un petit malin mais moi aussi !

Je suis en nage mais je continue à le courser. Je ne suis pas une poule ! Je ne suis pas une poule !

Je me jette sur lui comme un goal sur un ballon de penalty et mes mains se resserrent autour de son petit corps de plumes.

Triomphante, je montre ma prise à Solange. Il tente de se dégager mais je tiens bon.

— À présent, cale-le contre toi et donne-lui de petits coups répétitifs derrière la tête.

Je m'exécute non sans mal car le coquin cherche à se dérober.

Je finis par le reposer par terre et il s'échappe aussitôt vers le poulailler. Un bref regard échangé me permet de constater que l'affaire est dans le sac.

Le pantalon déchiré aux genoux, les cheveux en bataille, en sueur et sale, je quitte la cour. Solange me tend sa canne.

— Tu l'as eu à coups de bec. Tu lui as parlé coq. Ici, c'est comme ailleurs, si tu parles pas la langue du pays, tu t'fais pas comprendre.

— J'suis pas une foutue poule, murmuré-je dans ma barbe.

# 5

Après les poules… les chèvres ! Si je n'étais pas certaine de son amour, je me demanderais si Solange n'a pas réellement une dent contre moi… voire toute une mâchoire contre ma petite personne ! Jacotte sent déjà suffisamment fort, pas la peine de m'emmener là où toutes ses copines tiennent salon ! J'ai donné, c'est bon… je ne sais déjà pas combien de temps il va me falloir, quand je serai partie, pour que l'odeur du poulailler n'imprègne plus mes cheveux ! Ça va être catastrophique… J'imagine sans peine la tête de mon coiffeur lorsqu'il va découvrir les atrocités commises sur ma chevelure par trois semaines en terre hostile. Il faudra absolument que je prenne rendez-vous un soir ou très tôt le matin afin de ne rencontrer personne et de pouvoir lui expliquer ma BA en aparté.

Après avoir été entraînée à la survie au milieu des gallinacées, me voilà projetée avec les chèvres ! Sérieux ? Elle veut me dégoûter de la vie à la campagne ? Pourquoi ne pas proposer une petite journée détente plutôt ? Le Dédé doit pouvoir s'occuper des chèvres ; nous, on pourrait aller, entre filles, se faire faire un petit massage… Existe-t-il des instituts de beauté au moins ici ? Sur La Châtre ? Peut-être... Il faut tenter, sinon, on montera à Châteauroux pour se faire faire des « papouilles »... Oh, j'en rêve... mais, face à la mine renfrognée de Solange, je crois que je vais devoir reléguer mes envies au placard.

— Tu imagines quoi ? Que les animaux de la ferme sont des jouets et qu'ils n'ont besoin d'attention qu'une fois pendant le repas ou la traite ? Qu'il n'y a pas des milliards de choses à faire dans un endroit comme celui-ci ? Veux-tu que je te fasse une liste ? Car outre les animaux, le ménage de la maison, le linge, la préparation des repas, il y a aussi la cave et le garage à ranger – une chatte y retrouverait plus ses petits – les œufs à aller porter chez les voisins, la camionnette à emmener au contrôle technique et, bien sûr, les rendez-vous de contrôle et autres scanners à cause de ce maudit accident... Je suis navrée mais je n'ai pas le temps d'aller me faire masser ; y a du travail ici. Ce tantôt, je dois faire du fromage par exemple.

— Du fromage ?

— Oui, tu sais, cet aliment obtenu à partir de lait... Il en existe plus de 1200 variétés en France. Dans le Berry, il y a même cinq AOP et toutes à base de lait de chèvre.

Je pousse un soupir et elle lève aussitôt les yeux au ciel. Je pense que j'ai été trop loin mais avant que j'aie pu ajouter quelque chose, elle poursuit :

— Je me disais que m'aider à faire mes fromages, ça te plairait peut-être plus que de nettoyer la chèvrerie... J'ai demandé à Dédé de s'en occuper et il a gentiment accepté pour que je t'initie à la fabrication du fromage.

Oh, l'infâme et cruelle culpabilité qui s'abat sur moi… Je suis vraiment une peste avec elle… Alors, j'essaie de sourire, de me boucher le nez et je suis ma tante vers la fromagerie. Elle n'est pas dupe mais elle décide de faire fi de l'adolescente attardée qu'on lui a collé entre les pattes pour l'épauler. Moi… gardienne de chèvres, de poules, paysanne de la dernière heure… Je pensais vraiment que les agriculteurs de « L'amour est dans la pré » étaient des acteurs et que cela faisait belle lurette qu'il n'y avait plus que dans les usines qu'on faisait du « vrai » fromage. Bon, j'imaginais bien qu'il y avait des récalcitrants au progrès, qui quittaient leurs vies dans les villes pour faire du lin en Bretagne ou des légumes 100% BIO ; j'avoue, néanmoins, que je pensais que la vie de Solange était plus calme et que son quotidien ressemblait davantage à celui de Marie Ingalls enfant… c'est-à-dire se limitant à jeter des graines aux poules, à boire du lait et à dégringoler un petit vallon sans tomber. Moi, journalier en Berry… si j'avais su…

La fromagerie de Solange s'avère assez petite : une table de préparation, un sas pour l'égouttage, un autre pour l'affinage et divers ustensiles de cuisine que je reconnais sans en connaître bien les modalités d'utilisation. D'abord, ma tante nous équipe de pied en cap : une tenue en plastique blanc ainsi qu'une charlotte, des gants et des surchaussures jetables… Pour un peu, on dirait que je vais analyser une scène de crime avec des experts chevronnés et non confectionner des crottins de chèvre avec Solange.

Je décide de l'interroger un peu sur tout ça car son silence, depuis tout à l'heure, devient assez pesant.

— Ces fromages que l'on va faire, c'est pour les vendre sur le marché avec le lait ?

— Non, pas du tout, c'est pour notre propre consommation, pour Dédé et quelques voisins. Il y a bien longtemps que je ne les vends plus !

— Ah bon, pourquoi ? Ils ne sont pas assez bons ?

— Parce qu'il y a maintenant tout un tas de normes et de réglementations qui sont bien trop nombreuses pour ma toute petite production. Il y a vingt ans en arrière, on pouvait encore faire un peu à sa guise en respectant les bonnes mesures d'hygiène. Aujourd'hui, il faut remplir des papiers avant de pouvoir faire quoi que ce soit... Pour ne confectionner que quelques fromages, ce n'est pas la peine. Le lait est plus facile à vendre... Et puis, il faudrait aussi que l'atelier soit aux normes et il ne l'est évidemment pas. C'est beaucoup de tracas pour peu de bénéfices.

— Tu parles comme une vraie femme d'affaires.

— Ne parle pas de malheur ! Je parle comme une femme d'agriculteur qui a toujours essayé de faire avec ce qu'on avait et de ne surtout rien jeter. Ce n'est pas du commerce, c'est du bon sens paysan !

Nous échangeons un rire et elle se met à m'expliquer ce qu'elle fait.

— Nous allons faire des fromages qui vont ressembler aux crottins de Chavignol même si on n'a pas le droit de leur donner ce nom et qu'ils ne seront forcément pas aussi goûteux... On va commencer par faire le caillé.

Et Solange de mettre à chauffer du lait. Quelques instants plus tard, elle vérifie la température et ajoute du petit-lait, un liquide jaunâtre qui n'est guère appétissant, ainsi que de la présure, un comprimé qu'elle a laissé dissoudre dans l'eau. Puis, elle continue de mélanger.

— … Là, on réserve en couvrant bien et on le laisse à 20° jusqu'à l'apparition de la moisissure.

— La moisissure ? Tu viens pourtant de mettre un médicament dedans non ?

— Ce n'est pas un médicament mais des enzymes qui « transforment » le lait en fromage. Parce que, oui, un fromage, c'est un amalgame de lait et de bactéries, donc de moisissures.

— Oui, bien sûr, mais je pensais qu'il n'y avait de la moisissure qu'à la fin, quand le fromage « vieillissait ».

— Eh bien non, ma belle.

Elle va chercher un plateau de crottins qu'elle pose sur la table.

— Tu vois, ceux-là sont bons… Dans deux jours, on reprendra notre préparation d'aujourd'hui et tu verras, elle aura la consistance d'un yaourt. À ce moment-là, on la mettra dans des faisselles sur la table de drainage pour qu'elle s'égoutte. Après, on salera et on pourra faire sécher. Touche ceux-là si tu veux. Ils sont prêts à être consommés.

Je m'exécute aussitôt.

— Là, il est affiné !

— Exact ! Ensuite, tu le laisses plus ou moins longtemps dans ta cave ou dans un endroit sec et, au fur et à mesure, il va continuer à évoluer… jusqu'à devenir comme ça.

Sur ce, elle me montre un gros bocal à confiture rempli de savons de toutes tailles et formes dans un camaïeu de brun du plus bel effet.

— Tu fais dans les cosmétiques comme ça ?

Je saisis un savon et y pose mon nez. Ouh, quelle odeur terrible ! Ça fouette !

— Ce ne sont pas de savons, ce sont des fromages mais ils sont vieux et secs, c'est tout.

— Ils sont durs comme de la pierre.

— Effectivement… il y a des amateurs pour ce genre de « savons » même si je pense que ceux que tu vois feraient fuir les plus gastronomes.

Solange commence alors à emballer ses petits crottins en les disposant au centre d'un petit carré de papier. Elle me montre comment elle s'y prend avant de lancer :

— Tu m'aides ? J'ai deux autres plateaux à emballer.

Je l'observe quelques instants et me mets au travail. Le premier n'est pas mal, le second encore mieux et ainsi de suite.

Toutes à notre ouvrage, nous n'échangeons aucun mot et, petit à petit, les crottins se parent de leur emballage. C'est une besogne agréable qui me rappelle, un peu, l'emballage des cadeaux avant Noël. Cela fait des années que je n'ai rien empaqueté d'ailleurs. À présent, dans tous les magasins dignes de ce nom, on vous propose une boîte ou un sac cadeau. Mais cette coutume me manque un peu je crois, parce que j'aime beaucoup Noël malgré tout et que, quelque part, sans les cadeaux à emballer, il perd un peu de son charme désuet. Oui, bon, le papier cadeau, c'est mal et comme le plastique, c'est pas fantastique non plus… On devrait tous envelopper nos présents dans des vieux foulards ou dans des sacs en tissus réutilisables chaque année afin de limiter nos déchets… mais je ne m'y fais pas encore. Je continue donc avec mes crottins. Eux, au moins, je suis encore obligée d'utiliser du papier pour les protéger et les conserver.

— Tu comptes les emmener à tous tes voisins ?

— Oh non, pas tous. Y'en a qui l'méritent pas ! Faut pas croire qu'on s'entende tous bien ici, parce qu'on habite à la campagne ; il y a des « guéguerres » partout, même par cheu nou.

Oh des potins ! ?

— Raconte un peu. Tu as des enquiquineurs ici ?

— Évidemment, on peut pas être comme cul et ch'mise avec tout le monde. À l'hiver dernier, c'est la Margot qu'a fait des siennes. Y en sont presque venus aux mains avec un conseiller municipal… Tous les ans, les personnes âgées reçoivent un colis de la mairie comme cadeau de Noël. L'an passé, c'était, comme d'habitude, des boîtes de pâtés et des confitures au lieu de nous offrir des bouquins de *La Bouinotte*. Enfin, bref… celui de Margot, elle l'a jamais eu, jamais r'çu. Pourquoi ? J'sais pas mais elle en a fait tout un cinéma de ses boîtes qu'elle avait pas eues, qu'on lui voulait du mal par ici et qu'elle pourrait bien mourir de faim que personne dans l'canton la pleurerait… Tout ça pour des pâtés qui sont même pas bons… Finalement, quand le conseiller municipal lui a offert son colis, comme ils en avaient commandé en trop, elle l'a refusé en disant que, si ça s'trouve, il l'avait empoisonné pour la faire taire…

— Du coup, elle a pas eu de pâtés…

— Ni de confitures !

— Et ni de crottins de Solange…

— Et ni de crottins de Solange, exact, jeune fille. Faut pas pousser. J'aime pas les gens qui font des histoires pour des riens comme ça. Elle s'rait venue me voir, j'lui aurais donné le mien… mais, là, elle a été jusqu'à dire que, comme Dédé et moi, on passait la Noël ensemble, on avait pas besoin de deux colis… Qu'est-ce que ça la regarde, cette vieille toupie !

Visiblement, quand on touche à Dédé, ma tante ne semble pas très accommodante… À vérifier…

## Interruption volontaire des programmes

Avant de continuer et pour la poignée de lecteurs qui ont résisté à ces cinq premiers chapitres, je tiens tout de même à mettre au clair un point qui me semble d'importance.

Vous avez sans doute constaté avec une pointe de tristesse et de pitié combien j'étais imparfaite et à quel point la déesse des connasses ne m'avait pas épargnée dans sa grande distribution. Je dois vous dire, afin de vous inciter à poursuivre la lecture de mes aventures, que je vais m'arranger ! Bon, la métamorphose ne va pas se faire sans mal et je ne vais pas devenir Mère Theresa en deux coups de cuillères à pot, mais sachez-le, à l'heure où je vous écris aujourd'hui (soit le 27 février à 14 h 14), la jeune femme stéréotypée, nunuche, prétentieuse et pincée avec laquelle vous avez fait connaissance n'existe plus.

... ou presque...

En effet, si un coq me cherche des noises, je demeure, aujourd'hui comme hier, toujours capable de le remettre à sa place avec un bon coup de bec ! À bon entendeur.

Je vous laisse reprendre tranquillement le cours de ma vie.

À plus.

# 6

Voilà quatre jours que je suis berrichonne et sincèrement, je ne m'y fais pas. Certes, j'apprécie la compagnie de ma tante et ma victoire sur le coq m'a conféré une certaine légitimé au sein de la hiérarchie de la ferme, mais Jacotte continue de se jeter sur moi sans explication et le réveil sonne toujours bien trop tôt. Le soir, je suis épuisée et je ne veille pratiquement jamais, sinon j'aurais un teint déplorable le matin suivant. Quand je pense que je devrais être à Los Angeles en train de me prendre pour *Pretty Woman* sur Hollywood Boulevard, fouler le Walk of Fame et dormir au château Marmont… Au lieu de ça, je fais mes courses au Super U de La Châtre au milieu d'une congrégation de blouses à fleurs et de bobs Ricard. J'ai bien dû faire quelque chose d'atroce pour en arriver là, mais j'ai beau chercher, je ne vois pas quoi !

Ce matin, je commence ma journée détox avec un jus de fruits et de légumes frais sans conservateurs mais bourré de vitamines. Il faut que j'en boive six dans la journée. C'est comme ça que la sœur de Kim Kardashian a perdu plus de quinze kilos, simplement en mixant des framboises, des bananes et des épinards. Si Kloé peut le faire alors moi aussi ! Bon, je n'ai pas non plus autant de poids à perdre mais les deux kilos que j'ai sur les hanches doivent être éliminés si je veux une silhouette parfaite. Quand j'ai refusé le radillat de Solange, j'ai bien vu son regard désapprobateur se river sur mes petites bouteilles en plastique de couleurs assorties, mais elle n'a rien dit. Elle, elle a de la chance : elle peut manger ce qu'elle veut ; moi, je dois faire attention.

Alors que je sirote tranquillement mon jus ananas, pomme, épinard, eau, citron vert, concombre, céleri, sirop d'agave, camu-camu, guarana et xanthane, mon iPhone se met à vibrer et le dernier titre de Rihanna ne tarde pas à envahir la cuisine. Je décroche immédiatement, bien trop contente de retourner à la civilisation et d'avoir un appel de quelqu'un de l'« extérieur » !

— Amandine, Konnichi wa ![1] claironnent mes parents à tue-tête.

Ces deux-là sont fous mais je les aime. Depuis que l'heure de la retraite a sonné, ils sont par monts et par vaux. Toujours partis chez un cousin, des amis, échangeant la maison familiale contre une yourte en Alsace ou une roulotte en Auvergne, collectionnant billets de train et d'avion et rapportant des cadeaux improbables de tous leurs voyages. Pour l'instant, ils sont au Japon et je n'ai toujours pas compris pourquoi ils avaient choisi ce pays. Ils n'apprécient pas spécialement sa culture. En revanche, ils adorent les sushis, mais ceux made in France ou Italie, avec foie gras et figues ou tomates séchées et chèvre. Sans doute une promo incroyable les

1. Signifie « Bonjour » en japonais.

aura-t-elle décidés à traverser la moitié du globe pour rejoindre ce serpent du Pacifique.

— Alors quoi de neuf ? Comment va Solange, ma puce ? demande mon père.

— Plutôt bien, je trouve. Elle ne se plaint jamais...

— Ta tante ne se plaindrait pas même si elle avait une flèche dans l'épaule ! Il faut l'interroger, être à l'affût de ses moindres mouvements, de son visage qui se contracte parfois de façon imperceptible... Il faut la regarder, Amandine. Elle ne te dira rien.

— Amanda, c'est Amanda et tu exagères !

— Elle est habituée à être seule, donc à ne pas partager ses états d'âme. Depuis le décès de Jean, elle s'est beaucoup repliée sur elle-même... Je vais te raconter quelque chose. Tu ne lui dis pas parce qu'elle n'aime pas que je parle de cette histoire... Quand nous étions petits, je lui ai coincé le doigt accidentellement dans une porte. Elle a failli perdre un bout de son doigt et on est allés aux urgences pour le faire recoudre. Elle n'a pas pleuré. Pas une larme, rien. Moi, je me sentais tellement coupable que j'aurais voulu mourir dans l'instant plutôt que de la voir souffrir. Elle a regardé son doigt ensanglanté et a dit à ta grand-mère : « Il faut m'emmener à l'hôpital. » C'est tout. En rentrant le soir à la maison, elle s'est enfermée dans sa chambre et elle a pleuré toute la nuit. Solange est un roc mais derrière tout ça, c'est une femme très sensible. Elle est juste trop fière pour montrer ses faiblesses. Elle ne veut pas qu'on s'apitoie sur ses malheurs.

Je jetais un regard à ma tante. Debout, de dos, elle lavait la vaisselle dans l'évier. Elle avait pris appui sur sa jambe valide afin de ménager sa cheville cassée. Elle aurait pu me demander de l'aider, mais non. Le matin, elle continuait à faire mon lit et le sien. C'était pour les animaux seulement qu'elle me demandait de venir la suppléer. Et moi, bien sûr, je ne voyais rien, je n'imaginais rien. Perdue dans mes problèmes, je n'avais pas fait plus attention à elle que Paris Hilton à une de ses robes de soirée.

La conversation dérive sur le Japon et la visite du temple Senso Ji tandis que mes pensées se troublent en songeant à ce doigt pratiquement coupé et à ma gentille Solange à bout de force, le soir, lorsqu'elle ferme la porte de sa chambre.

J'ai honte mais je ne dis rien. Je raccroche et vais essuyer la vaisselle.

Dédé tambourine à la porte de la grange alors que je finis de nettoyer le sol de l'entrée. Il doit être 17 heures et les fromages de chèvre sont en train de sécher dans le hâloir. Comme chaque jour, Solange a retourné les crottins. Voir toutes ces petits ronds blancs alignés m'ouvre l'appétit. Pourtant, je tiens bon ; ma journée de jeûne n'est pas encore achevée. Je jette un dernier coup d'œil au hâloir avant de fermer les portes et mon cœur se fend de désir.

— Alors, comment va, la belle ?

Il me punaise deux gros bisous sur les joues et m'aide à ramasser mon seau d'eau. Je lui réponds par deux-trois phrases banales et nous nous dirigeons vers la maison.

— Ce soir, c'est l'loto à Mers, me murmure-t-il sur un ton de conspirateur. J'dirais bien à ta tante de v'nir mais elle va sûrement m'répondre non parc'qu'elle va vouloir rester avec toi. Dis-y qu'tu veux v'nir avec nous. Ça l'a f'ra sortir, ça s'ra bien.

L'information fait le tour de mon cerveau à grande vitesse. Un loto. À Mers-sur-Indre, soit un village aussi sinistre que celui où je réside actuellement. Un mercredi soir. Avec tous les autochtones retraités du coin. Ça promet une bonne partie de rigolade. En même temps, si ça fait plaisir à Solange, je peux prendre sur moi, non ? En plus, j'ai toujours été chanceuse donc je vais sans doute gagner le gros lot.

Je fais part de mon assentiment à Dédé qui se met à glousser et m'offre une nouvelle tournée de bisous à l'anis.

Solange ne s'avère pas si difficile à convaincre dès lors qu'elle sait que je fais partie de l'aventure. J'avale mes deux derniers jus de fruits tandis que ma tante et son ami se font une omelette aux pommes de terre et lard qui sent tellement bon que je suis obligée de m'exiler à l'extérieur pour finir mon repas sans craquer. Ils se font un bol de fromagée pendant que je me prépare.

Ce soir, j'opte pour une tenue décontractée chic (jupe crayon, chemisier blanc cintré et escarpins vernis) avant de me raviser (devant les mines effarées de Solange et Dédé), de remplacer la jupe par un jean et les escarpins par des converses rose bonbon. Dans cette tenue, je suis autorisée à grimper à l'arrière de la 2 CV[1]. Je me félicite de n'avoir, finalement, pas goûté à l'omelette lorsque Dédé démarre en trombe ; j'ai déjà mal au cœur. Heureusement, nous ne sommes pas loin !

Lorsque je pénètre dans la salle des fêtes, une odeur de rance, de sueur et de torchons sales me prend à la gorge et je fais un effort surhumain pour suivre ma tante et son ami jusqu'à notre place. Autour de moi, comme je l'avais imaginé, que des personnes âgées, voire très très très âgées ! Tout le monde parle à voix basse, du

1. La 2 CV semble être la seule automobile commercialisée dans le pays car le maire en possède une, Dédé également et j'en ai déjà vu deux autres de couleurs différentes errer dans la campagne.

coup on se croirait un peu à l'église, un dimanche matin d'hiver, en train d'attendre le sermon du curé.

On est serrés comme des sardines autour de longues tables en bois. Pas de chaises, uniquement des bancs. Solange est en face de moi, Dédé à ma gauche, et à ma droite une grand-mère me fait profiter de son dernier achat : un parfum improbable dégoté sur un marché pour « trois francs-six sous », comme dirait Dédé. Elle pue, c'est abominable ! Elle me voit me tortiller à côté d'elle et me lance un sourire forcé. Ses dents de devant sont pleines de rouge à lèvres. C'est plus que je n'en peux supporter mais je me tais et serre les dents. Quoi ? J'vais pas dire à une ancêtre : « Va te doucher, tu pues comme une bombe pour WC, et démaquille-toi en même temps, parce qu'à quatre-vingt-dix balais, le fond de teint et le rouge à lèvres faut bannir, sinon c'est comme vouloir dessiner un Rembrandt sur une roche volcanique : ça craque de partout, ça déborde, ça bave ! »

Heureusement, le « présentateur » de la soirée avec sa coiffure à la Franck Mickael arrive enfin, et le jeu commence avant que j'aie pu finir de bien étudier le reste de la salle.

Rien de sorcier dans le loto. Il faut placer des jetons sur des planches pour essayer de gagner des points puis des lots. C'est dans mes cordes.

On vient nous demander si on veut boire quelque chose et Dédé commande trois verres de sangria bien fraîche. Je l'avale presque cul-sec et fixe mon attention sur le boulier.

Premier tirage : gagné ! Je place un jeton sur l'une de mes grilles.

Le meneur de jeu continue à annoncer les numéros et la chance m'accompagne avec une implacable rigueur. Un nouveau verre de sangria et un nouveau jeton sur mes grilles. Je sens le démon du jeu m'envahir, me posséder. Je vais tous les ratatiner ! Ça va être un véritable carnage. Solange et Dédé s'amusent de ma brusque passion pour ce loto de campagne tandis que je suis avec assiduité les tirages de Franck Mickael.

À côté de moi, la dame souffle parce qu'elle n'a pas de jeu. Je suis morte de rire ; elle est complètement à la ramasse.

Troisième, quatrième verre... Des jetons, des jetons, partout.

Le boulier est sous mon emprise et ne cesse de sortir mes numéros.

Ça commence à s'agiter autour de moi et ma voisine me jette un regard envieux et désapprobateur.

Et soudain, c'est la victoire ! J'explose littéralement de sur ma chaise pour crier haut et fort :

— C'est moi qui gaaaagne, bande de nases !

Silence.

Re-silence.

Je regarde Solange et me rends enfin compte de ce que je viens de hurler à toute la population alentour. Aux connaissances, aux voisins, aux amis de ma tante.

Je me rassois immédiatement, penaude. J'ai la tête qui tourne, tout à coup.

Franck Mickael prend le micro pour dissiper le malaise mais en vain :

— Eh bien ça, c'est de l'enthousiasme, ma p'tite chérie !

Il tire quelques demi-sourires au public.

Avec maintes précautions et cérémonies, on m'apporte mon gros lot, une surprise aussi grosse que le ventre de Dédé ! Qu'est-ce ? Des produits cosmétiques ? Des bons d'achat à gogo ? Une Go Pro ? Je me débarrasse rapidement du papier transparent puis du papier de soie et déballe, avec une joie non dissimulée, ma récompense.

Un colis de saucissons à cuire.

…

# 7

Je ne dors pas la nuit suivant ma calamiteuse prestation au loto de Mers. La culpabilité pèse sur mon cœur comme un poids mort et je n'ose imaginer la honte que doit ressentir ma tante. Je sais bien, pourtant, que l'alcool ne me réussit pas, qu'il me fait sortir de mes gonds, qu'il me désinhibe et qu'alors, je deviens incontrôlable, à moitié cinglée et surtout, que la vulgarité et la méchanceté prennent possession de ma langue. Je déteste ça.

Je me lève aux aurores, même un peu plus tôt que ça. Pas de maquillage. Je me fais une queue de cheval et enfile un sweat à capuche que je déniche dans mon placard d'ado. Je me dirige vers le poulailler pour faire mon travail puis vers les chèvres et reviens à la maison pour laisser un message à Solange qui ne devrait plus tarder à se lever. Je lui prépare son café et me découpe un morceau de radillat que j'empoche avant de quitter la maisonnée endormie. Jacotte, sous son abri au milieu de la paille, me lance un coup d'œil mais ne bouge pas. Je vois bien qu'elle aussi est déçue par moi.

J'emprunte la rue de Chuillet et passe non loin du cimetière pour aller voir Dédé. Il m'ouvre la porte, frais comme un gardon avec un petit sourire au coin des lèvres. Je lui dis que je m'absente et lui demande d'aller s'occuper des chèvres avec Solange. Il ne dit rien, me fixe simplement un long moment et accepte d'un hochement de tête.

Je prends la route et me laisse porter. J'ai besoin de réfléchir. À quoi, je ne sais pas bien. J'ai la sensation que mes pensées s'agitent dans ma tête comme les numéros du loto dans le boulier. Comment ai-je pu faire ça à Solange ? Je suis une gamine gâtée sans état d'âme. Je ne m'intéresse qu'aux faux-semblants, à la mode, aux nouveautés, à tout ce qui est « in », mais est-ce vraiment si mal ? Je n'en sais rien ! Je ne vais quand même pas me faire nonne pour plaire à tout le monde ! Et puis, hier, avec leurs vieux parfums et leurs pantalons en synthétique, leurs messes basses tandis que j'emportais la partie et leurs regards suspicieux, ils n'ont pas franchement été très fair-play, ces gens. Après tout, je ne suis pas facile mais eux non plus. Ils pourraient essayer d'évoluer, de se mettre à la page, de regarder plus loin que le bout de leur nez. Ils n'ont pas essayé de me parler ou de demander à Solange qui j'étais et ce que je faisais là. J'ai bien vu qu'ils me jugeaient ; ils me regardaient d'un drôle d'air. J'ai autant le droit qu'eux d'être ici.

Poussées par la déclivité de la route, mes jambes s'emballent et je me mets à fendre l'air furieusement. Je cours à m'en faire éclater les poumons. Je ne sais toujours pas où je vais. Je cours tout droit, à la manière de Forrest Gump, avec une rapidité déconcertante. Je sens les muscles de mes cuisses, le paysage qui défile, le réveil de la nature qui chatouille mes narines et je cours, encore, toujours, plus vite. Tout à coup, alors que j'ai la sensation que mes pieds ne touchent même plus terre, un vélo me barre la route. Je fais un vol plané magnifique qui pourrait rappeler les entrechats d'Anna Pavlova si seulement j'avais un tant soit peu de grâce, et je m'écrase lamentablement sur le chemin de terre que je venais juste de prendre.

Je lance un juron. Le type à vélo va se prendre une soufflante qu'il n'est pas près d'oublier !

Une petite main délicate se tend vers moi pour m'aider à me remettre debout et des excuses d'une sincérité enfantine fusent.

— Je suis vraiment désolée, m'dame. J'vous avais pas vu. Je rêvassais.

Devant moi se tient un adorable petit minois aux longs cheveux bruns et aux petits yeux bleus ronds comme des billes. Cette jeune fille ne doit pas avoir plus de quatorze ou quinze ans et elle est jolie comme une poupée.

— Pas « m'dame », s'il te plaît ; j'ai l'impression d'être vieille ! Appelle-moi Amanda.

Elle ouvre de grands yeux émerveillés.

— Vous êtes LA Amanda de Solange ?

Euh… Ma prestation au loto aurait-elle déjà fait le tour du village ?

— Je ne sais pas bien ce que tu entends par là, mais oui, Solange est ma tante et j'habite chez elle actuellement.

Ses yeux s'agrandissent encore plus… enfin, autant que c'est physiquement possible.

— Vous êtes parisienne !

Pour elle, c'est comme être une star et défiler à la Fashion Week parce qu'on a été invitée par Anna Wintour[1]. C'est très rassérénant pour moi d'être considérée ainsi. J'aime déjà cette petite.

Je lui offre mon plus beau sourire et fais mine de m'éloigner. Mon jean est troué, mes genoux simplement éraflés ; je décide donc de continuer ma balade. Elle me suit immédiatement.

— Ça ne vous gêne pas si je marche un peu avec vous ? C'est pas souvent qu'on rencontre des gens intéressants par ici, qui vivent à Paris et connaissent des peoples… J'adore vos boucles d'oreilles : elles sont super chics. Des bijoux comme ça, ici, on n'en trouve pas.

— Merci, ce sont des Alice Hubert. On doit pouvoir les acheter sur le Net…

— On l'a pas à la maison. Faut aller à la bibliothèque et là-bas, la vieille bique est toujours derrière nous pour voir ce qu'on cherche, alors bon… pour faire du shopping, c'est pas super !

Pauvre enfant ! C'est une ado et elle n'a pas de connexion. Même pas une misérable 3G à se mettre sous la dent ! Quand je lui demande si elle a un portable, elle fait non de la tête. C'est pire que ce que j'imaginais. Ce sont des monstres, ici, ce n'est pas

---

1. Non, ce n'est pas vrai ! ? Vous ne savez pas qui est Anna Wintour ! ? C'est la célèbre rédactrice en chef du magazine *Vogue* aux États-Unis, la « Dame de fer de la mode » qui a servi de modèle à la directrice tyrannique du film *Le Diable s'habille en Prada*.

possible de vivre dans une déchéance comme celle-là ! J'ai envie de hurler pour les faire tous sortir de leurs lits, ces « bien-pensants » de Berrichons incultes !

Un hippogriffe est une créature imaginaire hybride qui ressemble à un cheval ailé avec la tête et les membres antérieurs d'un aigle. Il a parfois des réactions imprévisibles mais il vole d'un pays à l'autre, portant ses différents cavaliers.

Le chemin se recouvre d'un toit de feuillage aux mille reflets argentés et dorés tandis que nous continuons à discuter. De chaque côté, les cimes des arbres tentent d'embrasser leurs voisines et nous sommes protégées par cette nature bienveillante qui s'éveille sous les rayons du soleil.

Camille – c'est le nom de la jeune fille qui ressemble aux dessins de Suzanne Woolcott[1] – a la langue bien pendue et elle veut absolument savoir ce que je pense de la dernière tenue de Miley Cyrus ou du nouveau Curl Secret. Nous bavassons comme deux copines jusqu'à ce que nos pas nous mènent vers un groupe de bâtiments. Nous ne sommes pas en ville ; on dirait un ancien corps de ferme ou…

Toute contente de m'apprendre quelque chose, Camille se change en guide touristique pour me faire la visite. Son attachement pour ce site transpire à chacun des mots qu'elle emploie pour le décrire. Au milieu d'une petite cour, sur notre gauche, un vieux bâtiment avec une porte massive en bois qui m'écraserait si elle me tombait dessus. Du crépi blanc cassé et

1. Artiste écossaise qui a notamment créé Gorjuss.

des géraniums qui poussent dans d'anciens chaudrons. À droite, un moulin qui doit bien avoir trois ou quatre siècles et sur son flanc, une roue à aubes qui fouette gentiment l'eau. Partout des fleurs, de la verdure, des murs et des boiseries patinées par le temps, une charrue et une machine en bois et en métal qui attire mon attention.

— C'est un tarare, m'explique Camille. C'est l'ancêtre de la moissonneuse-batteuse. Ça servait à nettoyer le grain après le battage.

— Ah... Parce que c'est sale, du grain ?

— En quelque sorte. Le tarare permet de séparer le grain des poussières et autres substances présentes dans la balle.

Si je lui demande ce qu'est la balle, il est fort possible que je perde tout l'ascendant que je possède sur cette enfant et qu'elle ne me regarde plus comme si j'étais une princesse tombée d'un vaisseau spatial... donc je me tais[1].

Camille me montre le parc, l'allée des chênes que George Sand empruntait pour se rendre à Sarzay, et un délicieux sentiment de quiétude m'envahit. Ici, je me sens bien. Je ne sais pas ce qu'est une « balle » et n'ai jamais ouvert un roman de George Sand, mais je me sens bien. Ce lieu est vraiment apaisant. Il n'y a

1. Pour info et pour vous éviter de chercher dans le dico : *« La balle est un coproduit dérivé de la transformation des céréales. Elle est constituée par l'ensemble des bractées ou glumelles qui renferment le grain. La séparation intervient durant le battage pour les céréales comme le froment ou le seigle dont les bractées n'adhèrent pas au caryopse. »* J'ai pas tout compris et vous ?

personne et pour la première fois de ma vie, j'entends le silence. La nature. Je m'entends respirer et je ne songe plus à rien, sinon à prolonger ce moment.

Avec Camille, on s'assoit à proximité de la roue, pas loin d'une rangée de bambous, sous des arbres centenaires dont les racines sortent de terre pour sentir, elles aussi, la chaleur de l'été et la fraîcheur de la rosée du matin. On ne parle plus. On écoute. On savoure.

Nous sommes dans le parc du moulin d'Angibault et un jour, Camille me promet de m'y faire entrer.

Sur le chemin du retour, je lui propose de nous arrêter prendre des croissants, tout un tas de viennoiseries et autres friandises que nous ne devrions absolument pas déguster (régime oblige), et d'aller les partager avec Solange et Dédé. J'avoue que la présence de la jeune fille est surtout un prétexte pour ne pas affronter ma tante seule à seule, car je sais que si une dispute éclatait, Dédé s'éclipserait sans demander son reste. Je préfère attendre encore avant de me faire lyncher.

— Cool ! répond ma nouvelle amie. J'aime bien Solange ; elle est vraiment sympa. C'est pas une vieille chouette comme certaines bonnes femmes du village qui arrêtent pas de ressasser leurs histoires. Elles la critiquent mais elles savent pas ce qu'elle a vécu. Y en a plus d'une qu'aurait été détruite par ce qu'elle a vu mais pas Solange. Elle a du courage pour dix mille personnes.

— Ce qu'elle a vécu ? Vu ? Tu parles du décès de mon oncle ?

Je ne sais pas si c'est le ton de ma phrase ou ce que j'ai dit mais je sens Camille se braquer. J'ai la sensation que mes questions la prennent au dépourvu. Sait-elle quelque chose que j'ignore ? Toujours est-il qu'elle change volontairement de conversation afin d'éviter de me répondre.

— T'as des sous pour la boulangerie sur toi ? Parce que moi, j'suis à sec !

Je secoue piteusement la tête. Adieu croissant, veau, vache, cochon, couvée…

— MDR ! Pas besoin, c'est mon père, le boulanger ! claironne Camille. C'est moi qui régale ! Tu vois, j'ai pas de portable mais j'connais du monde, moi !

Cette petite est un ange. Je vais certainement prendre deux kilos mais ce matin, je m'en fiche. J'ai l'impression que l'eau du moulin m'a lavé la tête. Qui sait ? Elle a peut-être des vertus thérapeutiques.

# 8

Les pieds dans le sable, je prends la pause. Moue boudeuse. Attitude nonchalante. La tête rejetée en arrière. Je positionne mon iPhone pour faire un premier selfie puis me mitraille dans toutes les positions. Large sourire. Regard perdu dans le vague. Je zoome sur un détail (tongs Ipanema sur sable fin, french manucure avec strass – uniquement sur la main gauche car je n'ai pas réussi à faire la droite aussi bien, etc.). Je me suis fait faire un lissage brésilien chez un coiffeur du cru qui s'est avéré assez habile de ses mains, et surtout très soucieux de ne pas froisser son exigeante cliente. Je rayonne littéralement au milieu de la vitrine de « Déco et Birettes[1] », magasin situé sur la place du marché à La Châtre ! C'est le seul endroit qui m'a fait penser à L.A. dans cette contrée ! Il y a du sable, un immense poster avec la mer turquoise léchant la plage et surtout un magnifique bain de soleil Eternit, top design. C'est idéal pour mettre en scène mes photos de vacances et les poster sur Instagram, Twitter et Facebook. J'ai une réputation à préserver. Pour le reste, un logiciel trouvé

1. Sorcière ou lutin farceur dans le folklore berrichon.

sur le net fait très bien son office… et l'arrière-plan de mes selfies s'effacent… plus de prairies mais une plage ensoleillée, plus de petite rue pavée mais une forêt de palmiers. L'illusion est totale.

Mes amis n'ont jamais eu accès à la page de mon ex-boyfriend et c'est tant mieux. Je fais comme si nous étions toujours ensemble et que j'étais en vacances aux États-Unis. À mon retour, j'expliquerai que la vie avec lui n'était vraiment plus possible parce qu'il était trop possessif et que j'ai préféré rompre. Il sera forcément inconsolable et moi, j'aurais tout gagné ! Mes parents me soutiendront financièrement pour mon appart. Mes amis me porteront aux nues, et entre temps j'aurai aidé ma tante. Que du bénéfice !

Avant d'envoyer mes photos sur la toile, je vérifie bien qu'il n'y a pas de contrechamps douteux, comme l'affiche d'un son et lumière à Orsennes ou un bout de la trombine de la vendeuse de « Déco et Birettes » qui me regarde comme si j'étais une folle. Elle m'a laissée faire mes photos ; c'est déjà pas mal.

Et voilà, c'est envoyé ! Quelques secondes plus tard, les « J'aime » et autre « Like » pleuvent et une vague d'enthousiasme et de jalousie envahit mes amis. Pari réussi. Je suis certaine qu'en photographiant Solange de trois quarts, habillée avec un costume d'homme comme aime à en porter Kim Basinger, je pourrais facilement la faire passer pour celle-ci et mettre en scène ma rencontre avec la star de *Neuf semaines et demi* et *L.A. Confidential*. Il faut juste que j'arrive à convaincre ma tante… Affaire à suivre…

— Vous pensez qu'elle en a ? interroge Solange, visiblement préoccupée.

— Je n'en suis pas certain mais son poil est moins beau que le mois dernier et je ne la trouve pas très vivace, alors c'est possible.

— Ce sont des plats ou des ronds ?

— Vous m'en demandez trop... Des ronds, sans doute comme l'année dernière.

— Des sangsues qui sucent le sang ! ?

— J'en ai peur.

Lorsque je pénètre dans l'enclos des chèvres, Solange me jette un regard désespéré. Elle et un homme sont en train d'examiner Jacotte sous toutes les coutures. L'homme est grand, sec avec une houppette sur le sommet du crâne comme celle du reporter belge Tintin. Autour de son cou, un stéthoscope ! Oh, un Dr Mamour pour N.A.C.[1] ! Bon, il est quand même nettement moins beau et vraiment plus âgé que l'original ; il est, en quelque sorte, à la mode d'ici...

— Que se passe-t-il ?

— Jacotte a des vers...

Mon Dieu, lorsqu'elle énonce ce mot terrible, je vois grouiller tout autour de moi des centaines de ces bestioles infâmes. J'ai le cœur au bord des lèvres. Tentant (courageusement) de vaincre ma répugnance, je demande :

— Parce que c'est grave ?

1. Nouveaux Animaux de Compagnie comme les cacatoès, iguanes, furets et autres boas constricteurs.

Ma tante semble oublier une seconde d'où je viens et me fixe, furieuse. Pour apaiser le climat, le Dr Mamour berrichon reprend le flambeau de la conversation.

— Jacotte souffre de parasitose, c'est-à-dire qu'elle a des vers, je pense des vers gastro-intestinaux, et une chèvre peut mourir de ce genre d'infection. L'an passé, elle est passée à deux doigts de…

Le regard suppliant de Solange l'empêche d'achever sa phrase.

— Il faut la vermifuger de toute urgence et faire attention à ses selles pour voir comment ça évolue.

Je n'ai pas envie de faire une plaisanterie car l'affection que Solange éprouve pour ce ruminant qui tond la pelouse comme personne me touche et je comprends, en les regardant, à quel point elles sont liées. Moi qui n'ai jamais plus possédé d'animal de compagnie depuis la disparition de ma chienne, Tania, lorsque j'avais huit ans, je peux comprendre ce que ressent Solange. La douleur que l'on éprouve est si forte que l'on a l'impression de ne jamais pouvoir s'en remettre. D'ailleurs, je ne pense pas avoir fait le deuil de cette délicieuse teckel, sorte de saucisson sur pattes, à la robe noire et feu… Bon, c'est vrai que la chèvre de ma tante est plus imposante, mais elle la suit partout et je crois que sa présence réconforte Solange.

— Eh bien, on va faire tout ce qu'il faut, docteur, et Jacotte dormira au pied de mon lit si nécessaire ! Dites-moi quoi faire et je le ferai !

Solange me sourit et je caresse doucement sa chèvre en murmurant des mots de réconfort, de ceux que l'on dirait à un enfant malade.

Comme il fait particulièrement chaud cette année, je décide de dormir à proximité de la grange où séjourne Jacotte et monte une tente que ma tante trouve dans la remise pour l'occasion. Bien évidemment, l'édification de cet habitat temporaire ne se fait pas sans mal… et finalement, en désespoir de cause, je décide d'appeler un renfort à la rescousse.

Ma petite Camille arrive en moins de temps qu'il n'en faut pour le dire. Perchée sur son impeccable destrier de métal, elle fend le vent à la vitesse grand V, exécute un dérapage contrôlé sur les gravillons avant de s'arrêter juste devant moi. Avec sa salopette en jean et son tee-shirt Pepe Jeans, elle pète de trop ! Tout à coup, elle me fait me sentir incroyablement vieille.

Son sourire me redonne pourtant le moral sans tarder.

— Alors, qui joue à *Koh-Lanta* ici ?

Un quart d'heure plus tard, nous sommes allongées sous la tente, satisfaites de notre réalisation. Nous avons trouvé des matelas gonflables et des oreillers au grenier, et la chambre est prête. Ce soir, Camille dormira avec moi. Je sens que nous allons passer la nuit à discuter. Il paraît que Dita von Teese a arboré une tenue surprenante lors de l'avant-première d'un show aux States. Il faut qu'on se penche sur cette info…

Jacotte est toujours alitée et reçoit les câlins de Dédé avec délectation. Je viens de changer son eau pour de l'eau fraîche tandis que Camille tente de lui faire avaler quelque chose, car elle n'a guère d'appétit depuis hier. Elle a à peine touché à son pain de sel.

Sur les conseils et recommandations de Solange, je nettoie à fond l'endroit où elle dort dans la grange. Mon nez semble s'adapter à l'odeur et je n'ai même pas besoin de porter un masque chirurgical, cette fois-ci ! J'entends mon téléphone sonner et vibrer sans discontinuer mais je n'y touche pas. Je suis assez occupée comme ça, et puis ce n'est pas plus mal de faire languir mes admirateurs.

J'ai délaissé Jacotte, Dédé et Camille pendant quelques instants pour aller chercher des draps et une couverture pour la tente, car même s'il fait encore très chaud en ce moment (il est tout juste 18 heures), j'ai peur que l'on ait un peu froid sur les coups de minuit. Alors que je m'apprête à pousser la porte de la chambre de Solange, j'entends des gémissements étouffés à l'intérieur. Au départ, je ne comprends pas bien et puis, doucement, la réalité se fait jour. Je perçois à présent distinctement ses pleurs. Je l'entends parler aussi. Je m'approche un peu plus de la porte et me concentre sur ce qu'elle dit. On dirait qu'elle parle avec quelqu'un ; elle est pourtant seule, j'en suis certaine.

Ses mots sont des supplications et s'étranglent dans sa gorge. Je voudrais avoir le courage de pousser la porte pour aller la réconforter mais je ne sais plus comment on fait. Je me sens petite, toute petite. Perdue, décontenancée, frustrée. Je maudis mon impuissance et les larmes me montent aux yeux sans que je puisse les éviter.

Les minutes s'égrainent et je ne bouge toujours pas.

Solange parle à son mari, mon oncle Jean. Sa conversation n'est que bribes mais je comprends qu'elle lui demande pourquoi il est parti comme ça et s'il va prendre sa chèvre aussi. Elle lui dit qu'elle se sent seule et que sa cheville la fait atrocement souffrir, mais que ce n'est pas bien grave.

Je ne pensais pas ma tante aussi sensible et dévastée par la disparition de Jean. Encore une fois, une vague de révolte me submerge.

J'attends encore quelques instants, en silence, mais je peine à bloquer les larmes qui menacent de couler. De l'autre côté, les sanglots se sont peu à peu apaisés. Je trouve alors la volonté de frapper à la porte.

J'ai sans doute le visage rougi comme celui de Solange et nous nous dévisageons sans mot dire pendant un moment. Elle a compris.

— Et si on faisait un barbeuc ? Je vais chercher des merguez et des chips à la boucherie du village si tu veux ! proposé-je.

Elle semble reconnaissante que je ne revienne pas sur ce que j'ai entendu.

— J'ai tout ce qu'il faut au frigo et à la cave…

— Du dessert aussi ?

— Non, mais une tarte aux barriauds, c'est pas long à faire.

Je me souviens brusquement de la délicieuse pâte brisée de Solange, des bords qui croquent sous la dent, du goût de sa compote aux pruneaux qui caramélisent les croisillons dessinés sur la tarte… Mon estomac réclame à cor et à cri ce trésor gastronomique devenu tradition familiale. Solange est un marmiton hors pair et je m'imagine déjà savourer ma part de tarte (mes parts de tarte…) dans quelques heures à peine.

— D'ailleurs, c'est toi qui vas la faire aujourd'hui ! me lance Solange.

C'est là que ça se gâte... La pire pâtissière du monde est en piste ! La recette de la succulente tarte aux barriauds va bientôt devenir un gloubi-boulga infâme. Gordon Ramsay se ferait une joie de lancer ses couteaux sur le chefaillon improvisé que je suis et il aurait raison. On ne reconnaîtra plus aucun des ingrédients utilisés une fois qu'ils seront passés entre mes mains.

Solange glisse sa main dans la mienne et me conduit jusqu'à la cuisine. Elle allume le four et me noue son tablier autour de la taille.

— Il est temps que tu deviennes une femme, m'annonce-t-elle d'une voix qui ne souffre aucune objection.

Un peu plus tard, ce soir, sur mon matelas gonflable, à côté de Camille endormie, au rythme de sa respiration, je repenserai au miracle qui s'est produit. J'ai fait une tarte et n'ai empoisonné personne. Ma tarte était même « excellente », d'après Dédé.

## 9

Branle-bas de combat à la Brande[1]. Aujourd'hui, direction la place du Champ-de-Foire pour le traditionnel marché de Saint-Août. Visiblement, Saint-Août, c'est pour les autochtones comme la Fashion Week pour les mannequins : IN-CON-TOUR-NABLE !

Nous sommes debout encore plus tôt que d'habitude. Il est 5 heures, le Berry s'éveille, comme dirait Dutronc. Même si je ne comprends toujours pas pourquoi ce marché ouvre ses portes à 7 heures du matin au lieu des 9 h 30 préconisées par les Galeries Lafayette, je tâche de me rendre utile… après avoir avalé un grand mug de café et un comprimé Booster guarana-ginseng.

Depuis sa chaise, Solange donne des ordres et je lui suis reconnaissante d'écouter un peu mes conseils en se reposant de temps à autre. Elle n'en est pas moins pointilleuse et terriblement maniaque lorsqu'il s'agit de charger son camion et de lustrer sa vitrine réfrigérée.

Solange donne le signal du départ à 5 h 32 et je me mets au volant de la camionnette rose et verte des « Délices de Jacotte » non sans une certaine

1. C'est le lieu-dit où habite Solange, faut suivre un peu !

appréhension. Et pour cause, je cale trois fois avant de rejoindre le centre-bourg. Sur le siège passager, Solange est impassible. C'est son premier marché depuis l'accident. Elle semble avoir hâte. Ce matin, je la trouve encore plus belle que d'habitude. Elle ne porte toujours pas les vêtements qui correspondent le mieux à sa morphologie mais son jean « délavé juste ce qu'il faut », son tee-shirt immaculé et ses mocassins marron clair lui donnent une allure jeune et décontractée.

Dédé doit nous rejoindre vers 8 h 30 avec Jacotte. La chèvre de ma tante est toujours très fatiguée et s'alimente avec difficulté, alors une balade au marché ne pourra lui faire que du bien.

Je gare le camion à l'endroit réservé par Solange et nous commençons à mettre en place notre espace de vente.

Autour de nous, plus d'une cinquantaine d'exposants sont déjà présents et une odeur de café fraîchement coulé a envahi la place. Chacun est au travail, dépliant ses étals, installant tables et chaises, essayant de mettre en valeur sa boutique temporaire avant le déferlement des chalands. Solange est très concentrée ; elle parle peu mais s'agace facilement de sa cheville qui ne répond pas à ses attentes. Je la supplée du mieux que je peux et à 6 h 37, tout est prêt. Je me mets en quête de deux cafés après avoir vérifié que Solange s'est enfin assise sur la chaise que j'ai apportée à cette intention.

C'est vraiment un grand marché. Il y a de tout, de la friperie, des bijoux fantaisie, de l'artisanat local, des bonimenteurs qui vendent des objets improbables mais révolutionnaires, des produits de bouche et surtout des animaux vivants. Pas mal de poules, d'ailleurs, dont certaines complètement noires. Magnifiques. Racées. Beaucoup de plants de salade, de fraises, etc., et également des fleurs. Il y en a pour tous les goûts, tous les âges, toutes les bourses. Contrairement à ce que je pensais, les vendeurs ne sont pas tous vieux et décatis ; il y en a même de très jeunes. En revenant avec les cafés et deux croissants, je m'attarde auprès d'un étal de fruits et légumes bio. Chacun est identifié par une étiquette sur laquelle est écrit son nom à la plume. Il y a différentes variétés de tomates (Rose de Berne, Saint-Jean d'Angely, Black Zebra, etc.), d'aubergines (Poire Blanche, Antigua, Œuf Vert), et aussi des denrées dont je n'ai jamais entendu parler, comme la dent de lion, le pâtisson, la blette, les crosnes… Je cherche du regard la personne qui a ressuscité toutes ces saveurs d'antan, en désespoir de cause… lorsque j'entends du bruit dans le camion en face de moi. Un homme hurle à l'intérieur et une volée de jurons d'une longueur et variété impressionnantes est débitée en moins d'une minute chrono. La cible de son irritation est visiblement la caisse à monnaie qui refuse de s'ouvrir correctement.

Ayant subitement perdu toute envie de converser avec ce vendeur au langage imagé, je regagne l'étal de Solange sans demander mon reste.

Ma tante est déjà au travail et je constate, en lui offrant son kawa, que la caisse s'est enrichie de deux billets de vingt euros. Elle comble les espaces manquants dans la vitrine et m'adresse un sourire triomphal.

— Un de mes habitués vient de passer. Depuis trois semaines, il ne savait pas où j'étais, du coup il m'a pris quatre litres de lait et une douzaine d'œufs. Il ne jure que par moi, ça fait plaisir.

— Tu es la seule à faire du lait de chèvre, ici ?

— Sur le marché, oui, répond-elle fièrement.

— Il y a beaucoup d'amateurs ?

— De plus en plus. Je fais ce marché depuis des lustres mais je n'avais jamais vendu de lait avant le décès de ton oncle. Il n'aimait pas trop le lait, en général. Il y a trois ans, j'ai voulu essayer. Je vends une trentaine de bouteilles par marché maintenant ; c'est pas mal, je trouve. En plus des œufs, ça fait toujours ça !

Le lait de chèvre de Solange est vraiment bon, bien plus digeste que celui de vache, et j'en bois un verre chaque matin depuis mon arrivée en Berry. Je pensais pourtant que sa consommation était particulièrement développée parce que c'est un produit sain et bourré de vitamines, de ceux que les amateurs de bio recherchent désespérément.

Alors que les affaires se bousculent en milieu de matinée, nous voyons Dédé et Jacotte arriver tranquillement. La chèvre et son guide marchent du même pas nonchalant en branlant du chef et c'est assez comique à voir.

— *C'est à c't'heure-ci qu't'arrives, vieux gâs ?* lui lance ma tante.

— *Chu aclan-né par c'te chieuvre. M'a envorné avec ses cabrioles*[1], lui rétorque Dédé en s'effondrant sur la chaise.

---

1. Traduction : cette chèvre m'a épuisé. Elle m'a fait tourner la tête avec ses cabrioles.

— *Tu gigasses ? T'es casi estropiat !*[1] se moque Solange.

— *Chu timbé à cause qu'elle arrêtait pas d'gigasser, la bête*[2].

Je les laisse se chamailler gaiement pendant que je joue à la petite marchande. Ça me rappelle mes études et l'année pendant laquelle j'avais un petit boulot de dix heures dans une boulangerie-pâtisserie. L'argent gagné m'avait permis de me payer des cours de conduite. J'étais à la fac. Je bossais le vendredi soir et le samedi toute la journée. L'équipe était sympa, le patron un peu moins. Il était gros et sentait la sueur. Je servais les clients, remplissais les sachets en papier de croissants au beurre et autres délicieuses viennoiseries. J'adorais les Paris-Brest confectionnés par les pâtissiers, car ils avaient un bon goût de noisette. Tout le personnel m'appelait « Didine » et ça ne me gênait pas. C'était une chouette parenthèse, même si elle n'a pas résolu l'une de mes « tares » (dixit mon père) : mon absence totale de talent en cuisine. J'ai clairement raté la distribution ! Heureusement, j'ai d'autres dons et non des moindres... Par exemple, je marie les couleurs comme personne ! Ce n'est peut-être guère utile quand on a faim mais ça reste un don.

Je quitte mon poste vers 11 heures parce que j'ai vraiment besoin d'un morceau de galette de pommes de terre à l'ancienne et qu'il doit bien s'en vendre sur

1. Tu boîtes ? T'es pratiquement estropié !

2. Je suis tombé parce que ta chèvre n'arrêtait pas de s'agiter dans tous les sens.

le marché. Je prends Jacotte avec moi et la promène au bout d'une corde. Elle ne tire pas et profite des rayons du soleil.

— Trois galettes, s'il vous plaît, madame.

La vendeuse me fusille du regard comme si je lui avais mangé sa soupe. Pourtant, je n'ai rien dit de mal… Je la fixe sans comprendre.

— Madame, c'est pour les vieilles ; moi j'suis une demoiselle ! riposte la femme qui devrait être canonisée tellement elle est âgée !

Je la regarde éberluée mais décide de ne pas relever et m'excuse platement, parce que j'ai vraiment, vraiment très faim.

— C'est quoi ce bordel ! Vous pouvez pas faire attention à vot' chèvre ? m'interpelle vivement une voix.

Je regarde la vendeuse ; ce n'est pas elle. À qui ai-je encore déplu sur ce marché ? Je me le demande ! Ils commencent à me courir sur les haricots, ces Berrichons, avec leur mauvaise humeur !

C'est le vendeur de fruits et légumes qui me hurle dessus parce que Jacotte est en train de boulotter consciencieusement sa salade.

— Oh, génial !

Je caresse la chèvre, heureuse de la voir enfin manger quelque chose dont elle a envie. Quand je vais le dire à Solange et Dédé… Mais je risque de ne pas en avoir le temps…

— Faut l'enlever d'là ; elle va tout m'dégueulasser ! C'est pas propre, une chèvre ! Elle va foutre le souk dans mon étal !

Les gros mots fusent et je finis par monter sur mes grands chevaux !

— Vous allez arrêter de gueuler, pauv' nase ? Cet animal est malade depuis une semaine ; alors pour une fois qu'elle veut manger un truc, elle va le finir et je me fous pas mal de votre étalage, de vos légumes et de votre tronche ! J'vais vous payer les dégâts si c'est que ça, mais j'en ai vraiment ras-le-bol de vous autres, culs-terreux, qu'arrêtez pas de vomir des insultes et qu'êtes aimables comme si vous aviez un balai dans le c...

— Nan mais pour qui elle se prend, la reine du shopping ? Faut r'tourner à Paris, ma cocotte, t'as rien à foutre là...

Des badauds s'arrêtent pour profiter du spectacle tandis que Jacotte est toujours la tête dans la laitue.

— Imbécile !

— Sombre idiote !

— Plouc !

— Terreur des bacs à sable !

— Crétin !

— Brise-burnes !

J'ai envie de renverser son étal et de me jeter sur lui pour lui en coller une bonne.

— Bimbo de supermarché !

— Tête de fenouil !

Nous pourrions continuer longtemps comme ça si la vendeuse de galette aux pommes de terre ne venait nous interrompre brutalement. Elle tape sur l'épaule du « cul-terreux » :

— Eh ben, mon Yann, ça y est ! T'en as trouvé une ! Et pis celle-là, elle a pas la langue dans sa poche ; tu vas pas t'ennuyer !

On se jauge, interloqués. L'homme en face de moi semble aussi perdu et surpris par la sortie de la Jeanne Moreau de la galette. Ce Yann est assez grand, les épaules carrées, les cheveux courts et la barbe fournie ; il me fait un peu penser à Clovis Cornillac en mode champêtre (chemise à carreaux livrée avec le gus). Je sens son regard s'attarder sur ma petite taille, mes cheveux longs et blonds et mon décolleté… Ils sont vraiment tous pareils ! Pourtant, ce matin, avec ma robe salopette et mon marcel à fleurs (pour faire couleur locale), je ne dois pas être particulièrement à mon avantage. Rien à voir avec ce que je porte habituellement à Paris et qui rend folles de jalousie toutes mes copines. Ici, l'habit fait le moine, alors autant s'y conformer… enfin, essayer.

Notre combat silencieux se poursuit jusqu'à l'arrivée de Solange qui, à mon effroyable surprise, interpelle le bouffon vert de rage.

— Alors, mon chou, t'as rencontré ma Didine ? Elle est mimi, hein ?

# 10

Ce Berry va me tuer… Après avoir survécu à un duel contre un coq sexiste, aux ruades d'une chèvre déjantée, aux critiques de vieilles biques mal embouchées, aux insultes de la version satanique de Nicolas le Jardinier, j'ai fini par sombrer et me faire un tour de reins en montant au grenier. En effet, là-haut, j'ai découvert un grand coffre regroupant de nombreuses affaires appartenant à mon père et à Solange : des vieux jouets, des cartes postales envoyées à mes grands-parents, des bibelots de toutes formes et de toutes natures. Curieuse comme une fouine, je me suis plongée avec délectation dans ces témoignages du passé, mais sachant que je tolère mal la poussière qui me fait éternuer toutes les dix secondes, j'ai décidé de descendre mon trésor dans la salle à manger… Celui-ci s'est révélé un peu plus lourd que prévu, et mon dos un peu moins solide que je ne le pensais.

Du coup, je suis dans mon lit, mon coussin mémoire de forme sous la tête, et je tente d'évacuer les tensions. La douleur me vrille le bas du dos et j'implore ma tante de m'emmener chez le médecin.

— J'ai bien mieux qu'ça, ma belle, t'inquiète pas.

Si, si, je m'inquiète, justement. En com', on connaît ça par cœur : c'est du langage négatif. Pour apaiser quelqu'un, il faut lui dire « Rassure-toi » et pas « Ne t'inquiète pas ». C'est le même principe que de dire à quelqu'un « Ne pensez pas à un éléphant »... Il y pense ! J'y pense ! Tout le monde y pense ! Qu'est-elle en train de me concocter ? J'ai entendu dire qu'il y avait un centre de remise en forme avec spa, bains à bulles et tutti quanti pas très loin d'ici, peut-être veut-elle me proposer un week-end cocooning... Je m'imagine déjà me prélassant dans un bain, des mains expertes faisant disparaître mon lumbago.

Solange me prescrit un myorelaxant que j'avale aussitôt. La porte de ma chambre s'ouvre et...

Yann ! Non, impossible, elle n'a pas fait venir ce malotru pour me soigner, quand même ! Il n'est pas médecin, même pas ostéopathe ; il vend des fruits et des légumes bio ! C'est tout ! C'est même pas un de ces rebouteux dont regorge le pays !

Je lance un regard désespéré à ma tante qui s'éclipse aussitôt et referme la porte. Alerte ! Alerte ! Un bouffon dans ma chambre ! Alerte ! À le côtoyer, je risque de mourir intoxiquée par le virus de la crétinerie humaine. C'est un cas de force majeure, de vie ou de mort. Qu'on me sorte de là !

Le comprimé semble déjà avoir fait un certain effet sur mon corps ; je me sens molle et dépourvue de vigueur.

— Ce n'est pas la peine de me jeter ce genre de regard assassin, s'exclame le bouffon. Je suis là à la demande de Solange ; je préfèrerais récurer les toilettes d'une caserne militaire plutôt que de devoir poser mes mains sur vous.

Charmant. Dommage que je n'aie plus de force, sinon je l'aurais giflé.

Il s'approche et commence à me déshabiller. Ah non, là, ça va pas être possible !

— Je vais très bien, je vais me lever dans une seconde. Ne me touchez pas sinon je hurle, marmonné-je sans conviction.

— Restez tranquille et bouclez-la. Votre tante – Dieu seul sait comment vous pouvez partager la moindre filiation avec cette femme exceptionnelle – a fait appel à moi et je me contente de bien faire mon devoir...

— Votre devoir ?

— Fermez-la, j'ai dit.

Je suis maintenant à moitié nue devant lui. Juste mon shorty et un débardeur qui ne cache pas grand-chose. Je me sens rougir jusqu'à la racine des cheveux. Heureusement, je suis épilée ! L'honneur est sauf !

Il me met debout, se place derrière moi, glisse une main sur ma taille et fait faire un « crac » à mon bassin. Un cri de douleur m'échappe.

— Vous voyez que vous aviez besoin de moi...

— ...

— Rassurez-vous. Je fais ça très souvent et personne ne s'est encore plaint.

Peut-être que personne n'a survécu ? Je n'ai plus la force de me battre. Allez-y, faites de moi ce que vous voulez. Mais de grâce, au moment de mes adieux, n'oubliez pas mon fond de teint et ma poudre de soleil. Je veux être belle le jour de mes funérailles…

Il me couche sur le ventre, place mes bras le long de mon corps, enlève mon oreiller qu'il remplace par un de ceux avec un trou pour la tête. Je l'entends murmurer quelque chose, se frotter les mains puis les appliquer sur le bas de mon dos. Elles sont incroyablement douces et chaudes. Un long frisson court sur l'ensemble de mon corps et je capitule.

Il s'occupe à présent de mes cervicales. Ses doigts malaxent ma peau avec une ardeur nouvelle. Il marmonne toujours des phrases incompréhensibles. À sa demande, je me retourne et nos regards se croisent. Il attrape ma jambe droite qu'il replie sur mon ventre et commence à lui faire faire des mouvements circulaires. Il rive ses yeux aux miens et je me sens quelque peu gênée par cette proximité. Je sens son souffle sur mon épaule, l'odeur de son corps. Mes pensées se troublent et je gémis.

Depuis combien de temps un homme ne m'a-t-il pas touchée ? Cette question me traverse l'esprit, s'y incruste. Cet homme des cavernes a peut-être des mains d'une extrême sensibilité mais je ne vais pas succomber comme ça…

Lorsqu'il approche ses lèvres des miennes, je n'ai qu'une envie, c'est de les croquer avec fougue, mais je me rends compte que quelque chose cloche. Son visage se brouille. Sa voix prend une teinte féminine. J'ai l'impression de tomber. Ma tête tourne et…

Je reprends pied dans la réalité ! Il n'y a pas de Yann dans ma chambre, pas de massage suave et de fantasmes inassouvis.

Une minuscule bonne femme aussi ridée qu'un fruit de la passion avarié se tient devant moi. Ce mini-pygmée porte une robe à grosses fleurs, des espadrilles et d'immenses lunettes type culs de bouteille qui lui mangent une grande partie du visage. On dirait Maître Yoda en fille ! C'est terrible ! Où est Yann ?

La confusion dans laquelle je suis me donne à penser que je n'ai pas vraiment toléré le myorelaxant et qu'il m'a fait un sacré effet.

— Alors, la p'tite, elle a quelqu'un dans sa vie, on dirait... T'es chaude comme la braise, ma jolie.

Quoi ? Je pique un fard et me cache aussitôt le visage.

Je suis vraiment une idiote congénitale... J'ai gémi ! La honte ! Prendre Yoda pour Yann Solo ! ? Je suis complètement à l'ouest, ça ne va plus du tout. En plus, bon, le fameux Yann, je l'ai rencontré pour la première fois il y a deux jours, et là je me mets à rêver qu'il me touche, qu'il m'embrasse... Je ne vais pas bien du tout. Je suis clairement en manque. Il me faut... Je ne sais pas ce qu'il me faut mais je vais trouver. La dernière chose dont j'ai envie, après le fiasco avec Alex, c'est d'un nouveau mec pour me pourrir la vie. Non de non, je n'irai pas pousser un tracteur, ramasser des carottes et repasser ses chemises à carreaux ! Je ne serai JAMAIS une paysanne ! Ce que j'aime chez un homme, c'est l'élégance d'un costume taillé sur mesure, les mocassins en cuir qui luisent, la discrète barbe de trois jours de David Beckham, le regard impérieux de Hugh Jackman. Le Clovis Cornillac de la ferme ne fait absolument pas le poids face à mon idéal masculin ! Il est petit (tout juste le mètre soixante-quinze), prétentieux, vulgaire, et en plus il conduit un Berlingo. Faut pas pousser quand même ! J'suis pas désespérée à ce point-là. Même si le décontracturant m'a joué un mauvais tour, il n'est pas question que ce rêve devienne ma réalité !

— Amandine ?

Solange frappe à la porte ; Yoda vient de me quitter et j'avoue que cette femme a vraiment un don... comment dit-on ?... thaumaturgique ! C'est le seul et unique mot que j'ai retenu de mes cours d'histoire à la fac et je suis toujours ravie et éminemment fière de pouvoir le replacer !

— Tu vas mieux ?

Elle dépose un verre de limonade faite maison sur ma table de chevet et s'assied sur le bord de mon lit.

— C'est une rebouteuse.

Je la regarde intéressée.

— Elle n'a jamais rien fait d'autre dans sa vie. Son pouvoir est un vrai don mais il est parfois lourd à porter. Elle a longtemps vécu avec son frère et lorsqu'il est décédé, ses mains n'ont rien pu faire. Elle n'a pas pu le sauver... Elle vit d'une rente qu'il lui a laissée et de son don... J'ai plus confiance en elle qu'en n'importe quel médecin, tu sais.

Je glisse ma main dans la sienne et lui sourit.

Le jour suivant, lorsque je m'éveille, j'ai une faim de loup et plus aucun mal au dos. Je pourrais même danser la zumba tellement je me sens bien. J'avale deux bananes, quatre biscottes et deux yaourts puis je chausse mes baskets pour me rendre en courant jusqu'au moulin d'Angibault. Je fais le tour du parc puis emprunte le chemin pour me rendre à Sarzay. Je n'ai ni carte ni boussole et je ne connais absolument pas le pays. J'ai pourtant l'impression que je sais où aller.

Quand quatre tours majestueuses émergent d'un paysage dont la verdure est devenue maîtresse, je sais que je suis arrivée. Je repense alors à un passage que je viens de lire dans *Le Meunier d'Angibault* que Camille m'a convaincue de lire à cause de la très belle histoire d'amour qui y est décrite (cœur de midinette un jour, cœur de midinette toujours !) : *« Ce château n'a jamais été d'une grande défense : les murs n'ont pas plus de cinq à six pieds d'épaisseur en bas, les tours élancées sont encorbellées. Il date de la fin des guerres de féodalité. Cependant, la petitesse des portes, la rareté des fenêtres, et les nombreux débris de murailles et de tourelles qui lui servaient d'enceinte signalent un temps de méfiance où l'on se mettait encore à l'abri d'un coup de main. C'est un castel assez élégant. »* Effectivement, force est de reconnaître que la Dame a raison.

Dans le village, je me mets en quête d'un téléphone. Au bistrot du coin, on s'étonne qu'une Parisienne n'ait pas son portable scotché à l'oreille H 24. Je m'amuse de ce stéréotype. Au bout d'un nombre incalculable de sonneries, Solange finit par décrocher.

— Ma tante viendrait-elle déjeuner avec la plus reconnaissante de ses nièces ?

— …

— Je suis à Sarzay. Ce midi, ils font des œufs à la couille d'âne[1], faut absolument que je goûte ce truc !

1. Spécialité d'œufs pochés dans du vin rouge, ce qui leur donne une couleur qui pourrait s'apparenter à celles de l'appareil reproducteur du grand noir du Berry.

# 11

Ça y est ! Le Berry m'a eue ! Ces quelques mots en épitaphe et l'affaire est faite. J'aurais survécu à tout sauf à la Mare au Diable et à ses habitants ailés. Ma peau n'est plus qu'un vaste champ de désolation. Elle est rouge, enflée à certains endroits et je vais finir par m'écorcher vive si je ne cesse de me gratter. Je ne sais pas ce que j'ai encore fait pour mériter ça mais franchement, ça doit être terrible, immonde, monstrueusement répugnant. C'est le coup de grâce, je ne m'en relèverai pas.

Tout avait pourtant bien commencé. Une journée tranquille. Ensoleillée. L'arrivée de Camille vers 11 heures, juste au moment où je finissais de m'acquitter de mes tâches et où Solange se reposait dans son hamac sous le chêne, derrière la maisonnée. Un déjeuner rapide mais copieux, puis un bol de chicorée et un morceau de massepain d'Issoudun[1], confectionné par le père de ma petite protégée. Tout allait bien dans le meilleur des

---

1. Gâteau extrêmement moelleux et délicat réalisé à partir de blancs d'œufs et d'amandes en poudre. C'est une spécialité de la ville d'Issoudun, qui fut créée par le couvent des Ursulines de la rue Basse au XVIII$^{e}$ siècle.

mondes et lorsque Camille m'avait proposé une sortie, j'avais accepté sans tarder… Sans réfléchir, non plus. Le problème, c'est que je suis une Parisienne pure souche, si j'ose dire (et ce, même si mes parents sont Creusois). Je suis née avec des talons aiguilles aux pieds et un sac de shopping scellé à chaque main. Je suis capable de courir un marathon dans les Galeries Lafayette et de semer toutes les touristes japonaises au sein de ce grand magasin labyrinthique. Je peux dessiner mentalement le plan du métro, faire la conversation pendant deux heures à des gens que je ne connais absolument pas et qui ne m'intéressent nullement. Faire le pied de grue des heures en attendant qu'une boutique qui fait une vente privée ouvre ? Aucun problème. Qu'il gèle, qu'il neige, qu'il vente, je suis une fashion addict ; je résiste à tout sauf à la suprême humiliation de n'avoir pas obtenu le dernier sac à la mode. Je sais faire un selfie sans avoir une tronche de cake et dévaler des marches en tenant une conversation téléphonique avec mon patron tout en avalant un bagel fromage frais-ciboulette-saumon fumé, le tout en songeant à mon prochain rendez-vous. Je suis au top du top de la branchitude parisienne… Mais la campagne, j'avoue, je n'y connais rien et franchement, j'aurais dû me méfier. Camille elle-même n'aurait jamais dû m'emmener… C'était un peu comme faire Eurodisney avec deux gamins et pas un sou en poche, ou demander à Attila de porter une cravate. Ça sentait le sapin à tous les coups, ce genre d'histoire.

Nous sommes donc parties sur la route avec chacune un petit sac à dos contenant le strict nécessaire, soit, pour moi, une brosse à cheveux, un baume à lèvres, mon portable et une bouteille d'eau que m'avait forcée à prendre Solange.

— Ça fait un moment que j'ai envie d'y aller, m'a avoué Camille sur le chemin, mais mes copines ne sont pas super emballées par la balade…

Ce premier aveu aurait dû m'alerter, ce qu'il n'a pas fait, pas plus que le :

— Elles disent qu'il n'y a rien à voir parce que c'est juste un trou et comme des marécages autour.

Non, non, j'étais bien, contente, et ne pensais (presque) qu'à parfaire mon bronzage en étalant copieusement de la crème sur mes bras. J'écoutais Camille d'une oreille distraite ; je songeais à ma tante et au rendez-vous prévu chez le médecin le lendemain. Qu'allait-il dire concernant sa cheville ? J'avais décidé d'accompagner Camille envers et contre tout afin de lui poser tout un tas de questions sur la santé de Solange, parce que j'avais bien compris qu'elle ne me dirait rien sans ça.

Après avoir marché pendant une vingtaine de minutes, nous nous sommes engagées dans un sentier forestier. Le soleil jouait de ses rayons entre les branches des arbres et la relative fraîcheur des lieux était la bienvenue en cet été particulièrement chaud. Autour de nous, chênes, charmes et bouleaux se mêlaient aux châtaigniers et aux hêtres. Juste avant d'accéder à l'endroit que voulait me montrer Camille, nous voisinâmes avec des genêts à balai et des fougères.

— Des asphodèles, me montra la jeune fille. Elles sont superbes, n'est-ce pas ?

Ces plantes ressemblaient un peu à des épis de maïs sur lesquels des fleurs blanches délicates auraient poussé. Très joli, effectivement.

Et le but de notre périple se fit enfin jour : une mare… enfin plutôt une « flaque » !

— Ce n'est pas juste une mare, tu sais. C'est la Mare au Diable, souffla Camille comme si elle me révélait un incroyable secret. C'est là que George Sand a eu l'idée de son livre. C'est un site très visité… Et respire, regarde… La nature n'est que poésie, ici.

Nous nous assîmes sur le bord de la mare et contemplâmes le paysage sans mot dire. Un peu comme son moulin d'Angibault, cet endroit-là parlait à Camille une langue que j'avais l'impression de comprendre. Une langue empreinte de réconfort, d'abandon et d'apaisement. Moi-même, j'appréciais tant cette mélodie que je m'endormis d'une traite.

Quand je m'éveillai, le Mal était partout autour de moi et avait distillé son perfide venin dans mes veines ! Des moustiques ! Partout ! Je tentais de les chasser par de grands mouvements désordonnés mais rien n'y fit : ils étaient après moi, comme une horde d'enfants aux prises avec des Kinder Surprise ! Point de fuite possible. J'étais perdue.

Camille a ramassé fissa mon sac à dos et nous avons couru à travers le bois de Chanteloube comme des folles. Lorsqu'enfin le ciel a retrouvé sa place et que les moustiques nous ont délaissées, nous étions à proximité de la route en train de reprendre notre souffle.

Je jetai un coup d'œil à ma comparse pour me rendre compte que ses bras, ses jambes, son visage étaient indemnes. Aucune piqûre de moustique ! Les Berrichons étaient-ils immunisés dès leur plus jeune âge ? Un chromosome en plus, peut-être ?

— Pourquoi… ils ne t'ont pas… piquée, toi ? demandai-je hors d'haleine.

— Ben, j'ai mis de la crème !

— Ben, moi aussi ! la contrai-je.

Elle me fixa sans comprendre une minute avant de demander :

— Quel genre de crème ?

— Une crème pour le corps, pardi ! Anti-dessèchement !

Le regard effaré de Solange accueille mon retour au bercail alors que je continue de me gratter frénétiquement. Elle fait le tour de ma personne pour constater les dégâts. Mon top Guess et mon mini-short H&M ne couvrant pas grand-chose de mon anatomie, cela leur aurait été difficile de me préserver de la folie meurtrière des moustiques berrichons. Tout à coup, Solange part d'un grand éclat de rire auquel Camille se joint sans attendre… et surtout sans aucune compassion pour moi !

— *« Est-ce que ça vous chatouille, ou est-ce que ça vous gratouille ? »* me demande-t-elle.

Et avant que je puisse répondre, mon amie lui lance :

— *« Ça me gratouille. Mais ça me chatouille bien un peu aussi…*

— *Est-ce que ça ne vous gratouille pas davantage quand vous avez mangé de la tête de veau à la vinaigrette ? »* questionne Solange du tac au tac.

— « *Je n'en mange jamais. Mais il me semble que si j'en mangeais, effectivement, ça me gratouillerait plus* »[1]… Tu me l'as fait réviser en mai ! J'pensais pas que tu t'en souvenais encore !

— J'ai toujours eu une excellente mémoire et ce n'est pas parce que je vieillis que ça change quelque chose ! D'ailleurs, je peux même te réciter ton poème de Lamartine de l'an dernier !

— Nan, Le Lac ? demande Camille incrédule. Chiche !

Et voilà ma Solange qui s'exécute…

C'est moi qui me fais piquer et ce sont elles qui pètent un câble ! « Ô Temps, suspends ton vol », sinon je vais faire un massacre ! C'est le monde à l'envers, ce pays !

Sur ces entrefaites, une estafette beige débarque en trombe dans la cour de la maison, un athlétique personnage en descend et rejoint l'arrière du véhicule.

— Tiens, voilà Yann, lance Camille.

— Tu le connais, toi aussi ?

— Bien sûr, c'est le gars le plus cool du village et qu'est-ce qu'il est beau gosse ! Tu trouves pas qu'il ressemble à Bradley Cooper ?

Yann ? Le Yann du marché ? Beau gosse ? Pfff… Bradley Cooper ? Un type avec un chat surgelé dans le freezeur et une citrouille à la place du cœur… Bradley Cooper ! ? L'acteur le plus séduisant de la création, aussi à l'aise pour jouer les porte-flingues que les

1. Extrait de la pièce de théâtre *Knock ou le Triomphe de la médecine* de Jules Romain.

apprentis danseurs ou les amateurs de Magnum ! Ma petite Camille est complètement myope !

Avant que je prenne la décision de regagner rapidement mes pénates, le voilà en train de déposer dans mes bras une lourde cagette remplie de tomates et de ciboulette. Yann, pas Bradley Cooper !

Il ne me jette pas même un coup d'œil mais je comprends qu'il a bien vu ce qui m'arrivait quand je l'entends pouffer derrière le camion avec Solange. Des larmes de rage, de dépit et de douleur me montent aux yeux et je m'enfuis vers la maison déposer les légumes.

Je file sous la douche en souhaitant qu'un bon nettoyage puisse combattre les exactions des moustiques. Peine perdue. Ma peau me brûle toujours autant et un regard dans le miroir m'arrache une larme. Après avoir pris soin de tendre l'oreille pour voir si Yann est bien parti, je me glisse dans la cuisine pour me servir un verre de la limonade artisanale que Solange prépare, chaque jour, pour la gourmande que je suis. Sur la table, se trouve un petit sachet blanc avec des motifs verts. Il vient de la pharmacie ! Je l'ouvre frénétiquement et découvre le précieux sésame : un soin calmant après piqûre ! Je m'en couvre immédiatement l'ensemble du corps jusqu'à avoir épuisé le tube de crème et ressens les premiers effets apaisants de ce petit miracle de la pharmacopée moderne.

Je saute sur Solange, lorsqu'elle entre dans la cuisine, pour la remercier et la couvrir de baisers.

— C'est bien agréable, tous ces câlins, mais ils ne sont pas pour moi. C'est Yann qui est allé chercher la crème. Un de ses amis fait des produits de beauté bio et il en est dépositaire.

Je regarde fixement ma tante, interloquée.

— Il voulait s'excuser pour le marché, la dernière fois. Il s'est emporté.

— …

— Il a dit que tu n'avais pas ta langue dans ta poche, en tout cas !

— J'en ai autant à son service.

— Tu veux toujours avoir le dernier mot, comme ton père, c'est pas possible, ça ! Allez, miss « Réponse à tout », tu viens m'aider à rentrer les poules ?

— Faut que j'y réfléchisse…

Elle me précède en riant. Je finis mon verre de limonade et m'apprête à la suivre lorsque mon regard est attiré par un papier blanc qui vient de s'échapper d'une des poches arrière du pantalon de Solange. Je le ramasse aussitôt, vais pour l'interpeller lorsque je vois les mots « Mise en demeure – 2ème relance » en gras sur le document. Je laisse ma tante s'éloigner et ouvre prudemment la lettre. Un hoquet de surprise m'échappe. Les nouvelles ne sont pas bonnes du tout.

## 12

Mes parents n'ont jamais roulé sur l'or ; ils n'ont jamais été à la rue pour autant. La classe moyenne par excellence. Alternant les mois « faciles » avec le joli treizième mois et ceux plus compliqués, comme le fameux septembre grevé par les dépenses de la rentrée et le nouvel échéancier des impôts. Les voyages dont ils sont friands ont toujours nécessité quelques mois d'économie avant de pouvoir aboutir. Certains étés, nous ne partions même pas parce que l'un ou l'autre travaillait et que nos finances étaient un peu justes. Sur la table de Noël, par contre, il y a toujours eu de la nourriture à foison, et sous le sapin de beaux cadeaux…

Je n'ai pas dormi de la nuit. Je n'ai pas arrêté de relire la lettre des impôts. Pour moi, c'est inconcevable d'avoir des dettes, et plus encore de ne rien dire à personne, pas même à sa propre famille ! Pourquoi Solange ne s'est-elle pas ouverte à moi ? Pourquoi faire semblant, cacher ? Ne suis-je pas digne de sa confiance ? À la réflexion, comme la situation traîne visiblement depuis des mois, il est impossible que mon père et André ne se soient rendu compte de rien… Forcément, l'un des deux sait quelque chose. Je veux bien croire qu'à Paris, on ne se préoccupe pas de ses voisins et que des personnes âgées meurent dans des conditions effroyables avant que le monde ne se soucie de leur absence, mais pas ici !

Aujourd'hui, je tiens donc un conseil de guerre extraordinaire et les officiers que je réunis secrètement autour de moi, dans le parc du moulin d'Angibault, ont tout intérêt à être prolixes et aptes à élaborer des stratégies efficientes. Sinon, ils seront limogés sans autre forme de procès. Ils m'ont menti outrageusement depuis mon arrivée et la cour martiale leur pend au nez.

Le moulin est tranquille en cette fin d'après-midi de juillet ; il n'y a qu'une femme-peintre entourée de trois élèves qui tentent de capter le caractère surnaturel de ce petit bijou du terroir berrichon. Il fait un peu moins chaud que les jours précédents et un vent léger traverse les feuilles des chênes de la mythique allée. Un homme plutôt âgé est en train de s'occuper de la roue à aubes. En arrivant, il nous a interpellés en parlant d'une certaine « Grande Louise » qu'il devait remettre « en danse »[1]. Je n'ai rien compris.

En face de moi, Camille, pleine d'aplomb bien que je la sente un brin préoccupée par l'objet de sa convocation d'aujourd'hui, et André qui se frotte le menton, l'air de rien. Vous, mes cocos, vous allez passer un mauvais quart d'heure, je vous le garantis !

Je dépose, devant leurs yeux ébahis, l'ensemble des preuves récoltées. Oui, j'ai fouillé chez Solange !

---

1. Il parle de la roue qui est cassée et qu'il doit réparer pour la remettre en mouvement.

Absolument partout ! Dans son secrétaire, dans sa compta, dans son armoire et même jusque dans son labo dans la grange ! Je n'ai rien dit de mes trouvailles car je sais pertinemment qu'elle se fâcherait contre moi et retournerait la situation sans répondre à mes questions. Si je veux savoir et pouvoir l'aider, ce sont aux deux personnes en face de moi que je dois parler.

Sur la table, on trouve la fameuse mise en demeure des impôts, une relance pour une facture d'électricité impayée, un relevé de comptes avec un découvert de 1789,55 euros et un devis pour la réparation du toit de la maison qui culmine à un montant à quatre chiffres. N'est-ce que la partie immergée de l'iceberg ?

— Depuis combien de temps ça dure ? Mon père est au courant ?

Les deux accusés se regardent sans mot dire.

Pas de réponse.

— Vous pensiez m'en parler quand ? Quand on allait arrêter ma tante pour défaut de paiement ? Ou quand les premières tuiles de la maison allaient commencer à nous tomber dessus ? Dites-moi, j'aimerais comprendre ?

Camille ouvre la bouche pour parler mais Dédé l'arrête en posant sa main sur la sienne.

— Camille est une petite fille ; elle n'a rien à…

Je visse mon regard dans celui d'André.

— Camille va avoir treize ans en décembre. Ce n'est plus une gamine et elle aurait dû m'en parler, comme toi d'ailleurs, depuis que j'ai débarqué ici. Ce n'est pas quelque chose que l'on doit cacher ! On dirait que vous ne vous rendez pas compte !

Des larmes emplissent les yeux de Camille et je sens ma détermination s'affaiblir.

— J'aime Solange et j'ai besoin de savoir ce qui se passe.

André se racle la gorge et commence (enfin) :

— Excuse-moi, mais quand tu es arrivée avec ta panoplie de femme moderne et tes talons hauts, je ne pensais pas que tu allais rester et que tu t'intéresserais sincèrement au sort de ta tante. Tu ne semblais préoccupée que par tes cheveux, le nombre de bips qu'émettait ton portable et le fait de te sortir au plus vite de ce monde de culs-terreux.

Je veux intervenir mais il m'en empêche.

— Je sais très bien que c'est comme ça que tu nous vois.

— Que je vous voyais... dis-je d'une voix tremblante.

Il accueille mon assertion avec un sourire.

— Malgré le fait que je te trouvais gentille et que Solange semblait un peu reprendre du poil de la bête grâce à toi, tu me paraissais vivre dans un monde très différent du nôtre, en dehors des réalités... Pendant des années, tu n'as donné aucune nouvelle à ta tante et là, tu arrives et on devrait t'ouvrir les bras et tout te dire comme si on pensait que ça allait t'intéresser ! Excuse-moi mais on ne te connaît pas vraiment et on ne sait même pas pourquoi tu es là... Et ne raconte pas que c'est à cause de la cheville de Solange ! Quand ton oncle est mort, on ne t'a même pas vue à l'enterrement. Alors, on n'est pas tout blanc, Camille et moi, mais toi non plus !

Au point où j'en suis, autant mettre cartes sur table. Je n'essaie même pas de me recomposer un visage serein, parce que j'en ai marre de tricher et que je ne veux pas qu'ils me voient comme ça.

— Mon petit ami m'a quittée pour une fille de vingt ans. Il m'a laissée seule pour payer un appartement que j'adore mais qui est bien trop grand pour moi. Tous mes amis pensent que je suis avec lui aux États-Unis en vacances et je n'ai pas le courage de dire la vérité. Je suis venue chez Solange pour me faire oublier et attendrir mes parents dans l'espoir qu'ils m'aident à payer l'appartement.

J'éclate en sanglots et demeure incapable de supporter leurs regards. Dans celui de Camille, il doit y avoir tellement de déception, même un peu de pitié pour la menteuse que je suis ! Dédé, je n'ose imaginer ce qui est en train de lui passer par la tête... Contre toute attente, il pose une main sur mon épaule et murmure :

— *Quel sert-d'a-ren ! Hardi tins ben !*[1]

Je ne comprends pas ce que ça veut dire mais le ton de sa voix dénote son chagrin pour moi.

Camille vient m'entourer de ses bras et je sens son petit cœur battre au rythme du mien. Pour la première fois de ma vie, une immense vague de douceur maternelle m'envahit et je l'étreins encore davantage pour étouffer mes larmes et puiser en elle la force de me relever. Je ne voudrais plus les quitter et rester ici, dans ce moulin, pour le reste de ma vie.

André nous abandonne quelques instants et revient avec un plateau contenant trois grands verres, une bouteille de jus de pomme artisanal et un paquet

1. « Quel Incapable ! Courage ! »

de croquets de Chârost. Quand la nourriture nous a redonné un peu de couleur, nous poursuivons le cours de notre conversation.

— Depuis le décès de ton oncle, Solange n'a pas vraiment fait attention à ses finances. Elle s'est mis en tête de réaliser ses vœux et de faire de sa ferme une chambre d'hôtes tout en promouvant différents produits autour du lait de chèvre. Elle s'est lancée dans de grands travaux qui lui ont coûté bien cher, surtout qu'un artisan, le plaquiste, n'a pas été très honnête au niveau facturation… En somme, il l'a prise pour une *chieuve*[1] !

Je braque alors mon regard sur Camille.

— Qu'est-ce qui s'est passé au décès de mon oncle ? Tu as dit un truc, une fois, sur le fait que Solange avait été très courageuse et que personne ne méritait de vivre ce qu'elle avait vécu. Je veux savoir.

La jeune fille cherche l'assentiment d'André avant de s'ouvrir à moi. Il acquiesce d'un signe de tête.

— Jean est mort d'un cancer. Il n'a pas été écrasé par une botte de paille comme te l'a dit Solange. Sa maladie a été longue et ça a vraiment été une épreuve pour lui comme pour elle. Des mois entre l'hôpital et la maison. La chimio. Tous ces trucs moches qui affaiblissent les gens.

— Mais… Je… Pourquoi elle ne m'a rien dit ?

Ma voix se brise.

— Tu étais loin… répond Camille.

— … dans tous les sens du terme, ajoute Dédé.

---

1. Prendre quelqu'un pour une chèvre, pour un idiot… pour ne pas dire autre chose…

Je ne savais pas toutes ces choses. Pourquoi ne m'a-t-on rien dit ? Ne suis-je pas assez bien, forte, grande, investie pour mériter la vérité ? On ne peut pas m'accuser de ne pas savoir ! C'est de leur faute ! Camille, Dédé, mes parents... ils auraient dû me dire ce qui se passait ! Ils se sont foutus de moi en me racontant une histoire à dormir debout ! Mon oncle écrasé par une botte de paille ! C'est stupide ! Et pourquoi les ai-je crus ? Je suis vraiment une imbécile ! Si j'avais su, je serais venue, j'aurais... Mes larmes coulent à nouveau sur mes joues et je finis par manquer de souffle quand la plus horrible pensée se fait jour : si j'avais su, je n'aurais peut-être rien fait... Je vis dans quel monde pour ne pas être touchée par la détresse des miens ? Pour ne pas l'envisager ? Pour vouloir à tout prix la minimiser voire la dissimuler totalement ? Je ne suis pas une imbécile ; je suis égoïste. C'est tout. Qu'a pensé mon oncle lorsque je ne suis pas venue le voir à l'hôpital ? M'a-t-il réclamée ? Et que lui a-t-on dit ? « Amanda a beaucoup de travail, tu sais ; elle ne peut pas se permettre de venir. » J'ai honte, tellement honte que je voudrais mourir, vomir mes regrets pour ne plus les voir me hanter. Encore de l'égocentrisme... Toujours à pleurer sur MON sort... Je ravale mes larmes et quitte la chambre avec mon ordinateur portable. Dans la cuisine, Solange regarde un épisode d'une série policière dont je suis les péripéties de loin. Un couple de policiers anglais recherche l'assassin d'un jeune garçon du nom de Danny Latimer, retrouvé mort sur une plage[1]. C'est captivant et la musique est superbe. Je m'installe à côté d'elle. Dehors, la relative fraîcheur de l'été et la mélodie des grillons donnent à cette soirée le charme d'une nuit en Provence.

Cela m'apaise et je commence à travailler. Je ne chate pas et je ferme Facebook ainsi qu'Instagram et Twitter. Je ne veux pas être parasitée. Il faut que je fasse quelque chose. Que je trouve un semblant de solution. Pour Solange. Parce que je l'aime et que je veux qu'elle soit heureuse. Elle le mérite. Je ne peux pas rester aussi impuissante. Comme les mots ne sortent pas de ma bouche, c'est l'argent qui sera mon allié. Via Internet, j'ouvre le compte bancaire de ma tante et règle, via Paypal, sa facture d'électricité. Un coup d'œil sur mon compte à moi dont le solde s'affaisse tandis que les soucis financiers de Solange s'atténuent. La connexion est toujours faiblarde, alors je prends mon mal en patience. Je ne désarme pas et relance plusieurs fois certaines applis. Quand j'ai fini, mon épargne a perdu un chiffre mais je m'en contrefiche.

Cependant, pas question d'en parler à Solange. Pour l'instant, je veux être libre de mes mouvements. Demain, je compte aller chez le fameux artisan qui s'est payé grassement sur le dos de ma tante. Dédé a dit qu'il m'accompagnerait. Nous ne pourrons sans doute pas récupérer grand-chose mais j'ai bien l'intention de lui faire un max de pub chez ses nouveaux clients s'il n'accepte pas de faire un geste... Très en colère, je peux

1. Série britannique de 2013 intitulée *Broadchurch*.

être particulièrement convaincante. Une des serveuses du Starbuck Coffee des Champs se souvient encore de moi ! J'avais pris des sandwichs et des cafés latte à emporter et lorsque j'étais rentrée à la maison, j'avais découvert qu'il me manquait deux cinnamon roll et un muffin à la myrtille, sachant que ces deux pâtisseries sont mes préférées... Au téléphone, elle avait refusé de reconnaître son erreur, allant même jusqu'à me traiter de menteuse. Ni une ni deux, j'avais repris le métro et fait un esclandre pour obtenir mes gâteaux ! Depuis, à chaque passage, on me sert du « mademoiselle Amanda » à toutes les sauces. Le plaquiste de La Châtre n'a donc qu'à bien se tenir !

Je fais bouillir un peu d'eau et sert une tisane à Solange. Du « pisse-mémé », comme elle dit. À ses pieds, Jacotte dort paisiblement et ronfle de temps à autre.

Lorsque ma tante éteint la télé, j'ai fermé mon portable depuis longtemps. Ma tête repose sur mes bras, sur la table. Je sens ses gestes doux m'extraire de mon sommeil et, comme un somnambule, je rejoins mon lit. Je me déshabille à peine et sombre rapidement. Je rêve que je deviens lanceuse de couteaux dans un grand cirque. En face de moi, sur la cible qui tourne, le plaquiste de ma tante sue à grosses gouttes.

# 13

« Votre oncle n'aurait jamais fait une chose pareille ! » Les derniers mots du fameux artisan de ma tante, à la morale douteuse, me reviennent en mémoire tandis que je roule pour regagner la maison. Comment cet homme peut-il faire référence à mon oncle alors qu'il a dépouillé sa veuve sans vergogne ? De quel droit invoque-t-il le souvenir d'une personne disparue alors même qu'il sait très bien ce qui se serait passé si celle-ci avait toujours été là ? La mauvaise foi de certains me laisse pantoise. D'ailleurs, j'étais à court de mots lorsqu'il a sorti sa tirade… J'aurais dû le gifler ; mieux encore : lui boxer le nez à lui faire pisser le sang… Heureusement qu'André était là. Sa diplomatie et son air bourru nous ont bien servi et, à deux, on a fait plier ce méchant roseau.

Le vent chaud dans mes cheveux et le calme de la campagne tentent d'apaiser mon humeur. En vain. Je songe à Jean. Malgré tous mes efforts, je n'arrive pas à me souvenir de la dernière fois où je l'ai vu, de ce que je lui ai dit. Je n'ai pas osé en parler à Solange parce que j'ai honte. On devrait toujours se souvenir de chacun des moments passés avec quelqu'un qui compte.

Au lieu de cela, dans ma tête, il y a comme un blanc, un de ces brouillards drus que l'on ne trouve que dans la Vallée Noire lorsque le temps se gâte et que les dieux grondent. Je roule trop vite et mon vélo s'emballe. Je finis dans le fossé. Je me mets à taper par terre de toutes mes forces ; j'arrache l'herbe comme une furie. Je voudrais tout casser ici. Tout effacer et recommencer à zéro, là où j'ai abandonné. Je me maudis. Je voudrais me casser la gueule mais même ça, je ne sais pas faire, alors je pleure encore de rage contre moi-même.

C'est terrible, un cancer. C'est sournois. Ça s'insinue en vous sans que vous le sachiez et petit à petit, vous avez moins de force, vous restez plus longtemps au lit, vous avez moins d'appétit. Vous mettez ça sur le compte de la fatigue, du stress ou du changement de saison, et lui poursuit son œuvre. Je le sais, pourtant. Il y a des années, ma grand-mère aussi en est morte. Cancer du foie ! Elle qui n'a jamais bu une goutte d'alcool de toute sa vie ! Six mois de souffrance. Je n'ai pas eu le droit de lui dire « au revoir » dans sa chambre d'hôpital. J'étais trop petite mais j'ai compris. Elle avait perdu toute trace d'énergie, et lors de ma dernière visite, elle ne m'avait même pas reconnue. Ses bras étaient atrocement mutilés par les piqûres. Elle ne parlait plus. Elle était exsangue et ses joues s'étaient creusées. Elle n'était déjà plus là. Jean a-t-il vécu tout cela ou le sort l'aura-t-il un peu épargné ? Malheureusement, j'en doute. Cette maladie est une plaie béante que les médicaments ne cicatrisent pas.

À travers mon désarroi, un souvenir de Jean s'impose enfin à moi avec force détails et je le chéris d'être encore présent. C'est un samedi soir. Nous sommes à la maison : Jean, Solange, papa et moi. C'est en octobre, vers la fin du mois. Je dois avoir douze ou treize ans, pas plus.

Dehors, la nuit a déjà enveloppé les maisons depuis bien longtemps et tous les volets sont tirés pour se protéger de cette ambiance sinistre. Il fait même si froid que Jean a allumé une flambée dans l'âtre. Le bois qui cède sous les assauts du feu et la lumière rougeoyante réchauffent immédiatement la pièce et les cœurs. Solange va jusqu'au vaisselier et exhume un vieux jeu de cartes qu'elle pose au milieu de la table.

— Belote ?

— Voilà une idée qu'elle est bonne, ma Louise !

Jean n'a jamais réussi à appeler Solange par son prénom : il la baptise donc souvent d'un « Louise » qui ne semble pas du tout gêner ma tante.

Franchement, jouer à la belote avec eux m'intéresse moyennement. Mais bon, la télé ne fonctionne pas et je n'ai pas envie de lire, donc je cède. Je suis déjà une sacrée tête de mule et une petite « merdeuse », mais ma famille m'aime, même comme ça. Ils ont bien du courage !

— Toi, la p'tite, tu te mets en face de moi ; je vais t'apprendre à jouer et on va les *assoubir*[1] les deux autres, tu vas voir, m'interpelle Jean.

On fait un tour à « blanc », histoire de m'expliquer la règle du jeu et l'importance de « faire tomber les atouts » pour « ceux qui prennent ». Au bout du

1. Assoubir signifie « étourdir », « assommer ».

troisième tour et du troisième « capot » à notre défaveur, je trouve mon rythme de croisière.

— Elle en a plein les mains, la p'tite, se félicite Jean lorsque je dégaine mon valet de cœur alors qu'il a pris à cœur justement.

Entre les « coupe et rejoue », les belotes, rebelotes et les dix de der, nous faisons trois parties de suite avant que la fatigue n'obscurcisse nos neurones.

Depuis cette soirée, je n'ai jamais plus autant ri. Jean jouait à fond la carte de la fierté et n'arrêtait pas de coacher sa nouvelle recrue sur les différents « appels » possibles, tandis que Solange et papa s'amusaient de leur manque de chance évident. Avec les copines, nous avons fait de bonnes sorties et, l'alcool aidant, fait les folles avec délectation, mais je ne me suis jamais sentie aussi bien que lors de cette belote en famille.

Lorsque tout le monde était allé se coucher, Jean s'était assis à la table de la cuisine pour boire un verre d'eau. Je l'accompagnais sans rien dire et me laissais aller contre son épaule. Jean n'était pas un grand bavard. S'il aimait, il ne disait rien ; par contre, il n'était jamais en reste pour critiquer ou râler. C'était parfois un peu difficile pour moi de le suivre et de comprendre les contradictions vivantes que sont les adultes.

Il était entier, ce que je ne suis plus… Mais bon, j'ai décidé d'essayer de ne plus me culpabiliser et de foncer. Concrètement, ça ne sert à rien de toujours regarder en arrière, il faut que j'avance et ce, avec Solange. Il me faut un peu plus d'argent pour combler complètement les problèmes financiers de ma tante et je sais à qui demander. Je sais bien que ça n'est pas le tout, que les billets ne peuvent pas tout acheter et qu'ils ne me rachèteront, surtout, aux yeux de personne, mais autant qu'ils servent, enfin, une bonne cause.

Arrivée à bon port, je décide donc de décrocher mon téléphone. Mon boss ne répond pas et mon appel est dérouté vers son assistante, Hélène, qui me remplace actuellement.

— Amanda ? Amanda qui ? répond-elle du tac au tac.

Elle se fiche de moi ou quoi ? C'est moi qui ai formé cette pimbêche et elle ne sait plus qui je suis ? Au bout de quinze jours ?

— Ma chérie, regarde tout autour de toi. Tu es dans MON bureau !

Blanc intersidéral, puis :

— Ah oui, désolée, Amanda ! J'étais au tél avec un client super important, je ne t'ai pas calculée !

C'est toi dont je vais calculer la prime de licenciement à mon retour, tu vas voir…

— Jean-Denis est là ?

— Non, il est en extérieur. Désolée.

Elle commence à me courir sur le haricot la Lauren Conrad de Cergy-Pontoise ! Je répète, sur un ton condescendant à souhait :

— Jean-Denis est-il là ?

— Il ne veut pas être dérangé.

Je rêve.

— Tu me le passes immédiatement sinon je te jure que le bureau va apprendre aujourd'hui même qu'à dix-huit ans, tu avais un nez tellement gros qu'on te surnommait « mamzelle de Bergerac » !

Deux secondes plus tard, la voix claire de Jean-Denis est au bout du fil.

— Alors, L.A., c'est comment ? Tu es trop occupée pour poster des photos ? m'interroge-t-il sur un ton tendancieux.

— Oui, mon chéri. Tu sais, Alex m'emmène partout. Je n'ai plus une minute à moi !

— Dans mon lit aussi, tu serais overbookée, ma belle. Je te croquerais et tu crierais grâce, ivre de plaisir. Reviens-moi vite : j'ai envie d'un quatre-heures.

Jean-Denis est gai, foncièrement et totalement gai, et les remarques à double sens et autres propositions indécentes sont légion avec lui. Avec ses costumes violets ou verts faits sur mesure, il semble tout droit sorti d'un comics. En effet, il attache beaucoup d'importance à sa mise et il ne cesse de faire des ravages dans certains milieux. La com', pour lui, c'est plus qu'un métier, c'est une religion.

Je lui pose quelques questions sur le boulot avant que nous soyons interrompus par l'arrivée d'Hélène dans son bureau. Celle-là, elle ne va pas faire long feu quand je serai rentrée…

— Jean-D., Claire de chez Homer & Kings veut absolument te parler concernant la campagne sur les sablés au caramel d'Isigny et au wasabi… La première mouture ne lui plaît pas du tout… Elle trouve les modèles homme trop fades et les produits pas assez sexy…

Ah, la joie de la com' ou l'art et la manière de rendre des biscuits infâmes sexy ! Curieusement, ça ne me manquait pas.

Hélène continue son laïus tandis que je l'écoute d'une oreille distraite. Je viens d'avoir une idée mais je n'arrive pas à trouver le bon fil pour remonter jusqu'à elle. Ce qu'elle dit m'a fait penser à quelque chose d'important mais impossible de me rappeler.

Jean-Denis revient au téléphone, coupant court brutalement à mes tentatives intellectuelles.

— Tu vois, mon chou, c'est toujours la même chose ici… Tu me manques, susurre-t-il.

— C'est quoi ce surnom de Jean-D. ? Je trouve ça limite vulgaire, surtout pour toi !

— C'est Jean-Brice de La Fontarce qui me l'a donné… souligne mon patron, vexé.

Hou là là, corde sensible… Jean-Brice est le pape de la com' parisienne. Jean-Denis lui voue un culte depuis sa pub pour le dentifrice avec Johnny Depp.

— Excuse-moi, mes neurones sont clairement en berne… Le mauvais goût américain est en train de me corrompre ! Jean-D., c'est top ! Viril comme Daniel Craig en boxer bleu… (Je l'entends rire de contentement.) Je voulais te parler d'une chose, au fait : je sais que ce n'est qu'en septembre, mais penses-tu que je pourrais avoir ma prime de rentrée à la fin juillet, cette année, s'il te plaît ?

— Tu as fait trop de folies aux States, Mandy ?

— En quelque sorte !

— Je fais partir ça pour le prochain virement.

— Tu es un amour.

— Et toi, une dominatrice avec laquelle j'aimerais faire mumuse.

Je raccroche, mi-figue, mi-raisin. Tous ces sous-entendus sexuels sont assez lassants. J'apprécie mon boss, ses idées, sa façon de manager et son dynamisme, mais j'ai dû prendre sur moi pour ne pas le traiter de vieux chnoque mal b****. J'aurais aimé que nos relations soient plus simples, plus professionnelles, et qu'il me voie comme une égale et non systématiquement comme un objet sexué... Ça y est, voilà que je fais ma révolution ! Comme dit souvent Solange : « Laisse-tomber, ça va r'bondir ! »

D'ailleurs, où est ma tante ? Personne dans la salle à manger ni à la cuisine. Peu de chance de la trouver dans la salle de bains ou dans sa chambre. Je me dirige donc vers la grange. Petit coup d'œil vers le poulailler auparavant, et toujours chou blanc. Elle ne peut pas conduire, donc elle n'a pas dû aller bien loin... Comme je m'y attendais, son médecin traitant a souhaité qu'elle reste encore au calme et pour une fois, elle n'a pas pipé mot. À la campagne, l'instit' comme le généraliste ou le maire sont des personnages importants, que l'on traite avec déférence et que l'on écoute sagement. C'est déjà ça !

Je la cherche depuis environ dix bonnes minutes lorsque je l'avise dans un champ, vers la route. Elle est allée donner à manger aux ânes et leur fait la conversation. Comme toujours, sa fidèle Jacotte est sur ses talons, prête à en découdre avec n'importe quel brigand qui viendrait à embêter sa maîtresse. La chèvre va beaucoup mieux ; elle a pratiquement retrouvé son poids de forme et c'est un grand soulagement pour nous tous.

En m'approchant doucement de Solange et de sa petite ménagerie, je me rends compte qu'elle ne discute pas avec ses animaux mais qu'elle leur récite un poème. Je tends l'oreille et le patois berrichon emplit mon cœur. Je comprends tout et pourtant, je ne le parle guère. C'est sans doute un des nombreux sortilèges propres à cette contrée, celui de rendre intelligible un langage allogène. Je décide de ne pas l'interrompre afin d'entendre la morale de cette fable de La Fontaine :

« Blanchett', qui d'vait aller au paitusiau,
Courilla la port' dé son tet,
Enformant son biquet.
Pis a li dit par-dessus le bârriau :
« Faut ouvri' qu'à ceuss' qui saront c'mot d' pâsse :
Mort au loup et à ceusses de sa race ! »

El loup, qu' s'atait affûté tout près d'là,
Guettant l'départ de la chieuv' pour croquer l' chigat,
Avait entendu la consigne
Sans en parde èn' seul grigne.
I' va bocquer la porte, et, fasant èn' tit' voix,
Prononc' le « sésame ouvre-toi ».

Déjà ben argoté pour soun âg', le biquion,
Sans s'émouver, répond :
« I' faut aussi montrer patte blanch' pour rentrer ;
Sous la port' t'as qu'à la glisser. »

El loup s' trouv' sal'ment emberné ;
Le blanc n'est pâs tell'ment la couleur de sés pieds.
Aussi caignaud qu'un chian qu'on vint d'hourser,
I'torn' lés talons et r'gangn' sa tanière.

Qué s'rait démnu biquet
S'il avait soment appliqué
Lés instructions d'sa mère ?
On aurait pus qu'à piauler sa mauvais' fortune.
Hureus'ment qu'il avait d' l'idée !

Deux précautions val' ben mieux qu'une.
Mimm', cont' lés malfaisants, trouais, quate, ou encor' pus,
C'est pâs du superflu.
Par exemp', si le loup atait rev'nu
Après avouèr trempé sa patt' dans la farine,
Quoué don' qu'arait pu arriver ? Devine ! »[1]

1. Extrait du livre *La Fontaine en vieux parler berrichon*, de Pierre Galliot, Éditions La Bouinotte, 2009.

Je regagne la maison et consulte mon PC avant d'aller dormir. Sur mon tableau croisé dynamique Excel, le budget de Solange a retrouvé un certain équilibre qui sera définitivement scellé avec le virement de Jean-D. Un coup de fil à mon père m'a même permis de renflouer de quelques euros son compte chèque. Mais ensuite ? Le problème, c'est qu'à la fin du mois, les charges vont tomber comme à l'accoutumée, et que même si Solange dépense peu en nourriture, il faut bien un minimum et mettre le plein dans la camionnette. Il va bien falloir faire rentrer de l'argent si on ne veut pas retomber dans le même piège d'ici quelques mois. La solution, c'est quoi ? Vendre ? Solange s'y refusera et moi aussi, d'ailleurs. Cette maison est son port d'attache. L'installer dans un appartement à La Châtre, ce serait comme la priver de l'héritage de Jean… Et puis, où mettre Jacotte ? Non, vendre, c'est hors de question. Alors ?

# 14

Ce matin, je me lève avec une idée lumineuse, peut-être même la plus lumineuse que mon cerveau ait jamais conçue ! Mieux que l'invention du mascara par Maybel en 1913 ou que celle de la BB crème par Erborian en 2009 ! Je ne pensais pas être capable de me surpasser ainsi et de concevoir autre chose que des slogans accrocheurs pour la chantilly sans crème fraîche ou les premières omelettes industrielles entièrement réalisées sans œufs. Si, si, tremblez, ces horreurs culinaires existent et lorsqu'on a réussi à vendre des produits pareils, on a assez de potentiel pour sortir sa tante de la mouise et remettre son élevage sur les rails.

Cependant, même si je suis très douée, je ne peux pas tout faire seule et le milieu dans lequel j'évolue est pour le moins abscons aux yeux d'une fashionista parisienne telle que moi. Je suis obligée de l'avouer : il me faut donc avoir recours aux connaissances économiques et régionales d'un autochtone. J'ai d'abord pensé m'allouer les bons conseils de Dédé mais il est aussi à l'aise avec les chiffres qu'un militaire avec un tutu. Et puis, question relations internationales, son champ d'action se limite à 25 km autour de Montipouret. Châteauroux, pour lui, c'est presque un autre pays. Cela ne lui enlève rien mais pour cette mission, j'ai besoin d'un Berrichon « in ». C'est finalement Camille qui m'apporte cet hippogriffe[1] sur un plateau.

— Il est diplômé de l'École des Hautes Études Commerciales (HEC) de Paris, annonce Camille.

— Et il habite le Berry ? Impossible !

— Arrête un peu.

— Je le connais ? Tu en es certaine ?

— Oh que oui !

Je fouille ma mémoire à la vitesse grand V en tentant de me souvenir de tous ceux que j'ai croisés ici… Mon Dieu, faites que je ne l'aie pas rencontré au loto de Mers-sur-Indre…

— J'ai déjà discuté avec lui, tu es sûre ?

— On n'peut pas vraiment appeler ça discuter mais on peut dire que vous avez tenté de communiquer.

— …

J'ai beau me creuser la cervelle, je ne vois pas.

— Un autre indice ? questionne Camille trop heureuse de sa trouvaille.

— Ouais.

— C'est un ancien trader, reconverti dans le bio.

— Camille, c'est impossible ! HEC, trader dans le bio… à Montipouret ! Bientôt, tu vas me dire qu'il est beau et célibataire, en plus de tout ça.

1. Un hippogriffe est une créature imaginaire hybride qui ressemble à un cheval ailé avec la tête et les membres antérieurs d'un aigle. Il a parfois des réactions imprévisibles mais il vole d'un pays à l'autre, portant ses différents cavaliers.

— Euh… ben oui, en fait, répond-elle contrite.

— Il est beau ?

— Comme un cœur !

— …

— Comme Bradley Cooper !

C'est l'acteur préféré de Camille mais il n'a aucun sosie ici… Tout à coup, une ancienne conversation me revient à l'esprit. Ma petite protégée avait, alors, comparé Bradley à… OH MY GOD ! Mes yeux s'agrandissent de surprise et elle comprend immédiatement que j'ai trouvé. Il me faut une chaise ! Donnez-moi une chaise, je me sens mal. Je vais tomber, terrassée par la plus effroyable des vérités.

— Ah non, Camille, pas lui ! C'est pas…

Elle opine du chef et un immense sourire se dessine sur son visage mutin.

YANN ! Le mec le plus agaçant de la galaxie ! Le monsieur « Je-sais-tout » de la courgette, mal rasé et mal embouché !

— Il a fait HEC ?

— C'est un signe ! Vous êtes comme Roméo et Juliette, toujours poussés l'un vers l'autre.

— Je te rappelle que Roméo a empoisonné sa dulcinée, au cas où tu ne t'en souviendrais pas.

— Tu ne vois toujours que le côté négatif des choses.

Je réfléchis quelques instants. Visiblement, je me suis trompée du tout au tout sur Nicolas le Jardinier. Cependant, la perspective d'aller le supplier de m'aider ne m'enchante guère. Ça me donne même carrément des brûlures d'estomac. Il faut que je me ressaisisse.

— Il n'y a que lui ?

— Yann est un super commercial et il connaît tout le monde ici. Si tu veux que ton projet fonctionne, c'est ton meilleur atout.

Yann, un atout ? Pour pourrir un mariage ? Faire pleurer un bébé ?

Je croise le regard de Camille quelques instants. Je sais que je peux lui faire confiance mais franchement, là, j'ai du mal à m'y résoudre… Yann !

Dédé a accepté de me prêter sa 2 CV car il part en vadrouille avec Solange et sa camionnette dans un village au nom vraiment impossible, quelque chose comme Arnac-la-Poste ! Bref, je n'ai pas demandé mon reste. J'aurais dû… Je me mets au volant de cet engin qui a bien dû être une automobile dans des temps immémoriaux (1962) et cale plusieurs fois avant de pouvoir décoller. Ensuite, pendant environ deux kilomètres, ça tangue comme sur une piste du Rallye des Gazelles avant que je ne finisse par m'adapter un peu à cette conduite très spécifique. Je suis obligée d'écraser littéralement la pédale de frein à chaque stop parce qu'elle n'est guère sensible. Bien entendu, dans cette antiquité, pas de radio ni de GPS. D'ailleurs, même s'il y avait l'une ou l'autre, je n'entendrais rien tellement le moteur est bruyant. J'imagine à peine l'impact environnemental de ce véhicule sur la planète ! Si Nicolas Hulot me croisait au prochain carrefour, il m'arrêterait immédiatement pour crime contre l'humanité. Impossible de pratiquer l'éco-conduite avec un tank pareil !

Totalement démunie dans cette jungle hostile faite de voies qui serpentent et de tracteurs qui tentent de me faire sortir de la route, j'essaie de me diriger avec mon portable qui capte une fois sur cinq. C'est pas gagné, cette histoire.

Arrivée dans la glorieuse cité de Buxières-d'Aillac, je me mets en quête du lieu-dit le Bouqueteau. Je traverse huit fois le cours de la Bouzanne avant de m'arrêter dans le seul établissement public ouvert dans cette zone de non-droit : un bar PMU ! Ici, deux piliers de bar au teint rubicond « discutent le bout de gras » pendant que la patronne essuie les verres avec un torchon d'une couleur douteuse. Ça sent le pastis et il n'est que 17 heures.

Forcément, mon arrivée ne passe pas inaperçue… surtout quand la tenancière sort de derrière son comptoir en hurlant :

— *Quess' donc qui t'arrive, la peutchiote ! ? T'es tout' estropiat ! R'gade don ta culotte comment ty qu'elle est faite ! Té timbée ? Té tout en peilles !*

S'il vous plaît, un décodeur ! Je pense que cette extraterrestre veut communiquer mais je ne dois pas être branchée sur le bon canal parce que je ne comprends absolument rien du tout à son charabia.

Elle ne cesse de regarder mon pantalon et l'époussète comme s'il était sale. Elle est malade, Eugénie Grandet ! Mon regard désemparé dérive vers ses deux acolytes au bar qui rient de bon cœur. L'un d'eux, le moustachu, finit par traduire l'apostrophe de la dame en face de moi qui semble sincèrement préoccupée par mon état de santé.

— Elle se demande d'où vous venez et si vous êtes blessée vu que votre pantalon est tout déchiré et troué.

Là, un blanc. Je regarde mon jean Boyfriend qui est l'un des modèles les plus tendances de cette saison puis la dame… mon jean… la dame… Laurel et Hardy… mon jean… la dame… etc. À mon arrivée en terre berrichonne, j'aurais tourné les talons devant le peu de « branchitude » qui émanait de ces gens. Maintenant, je souris un peu, sincèrement émue que cette grand-mère s'inquiète pour moi, qu'elle ne connaît ni d'Ève ni d'Adam.

Quand je ressors du PMU avec l'info dont j'avais besoin et une limonade gratuite, mon moral est plus léger.

Il n'est pas là ! Qu'est-ce qu'il a de mieux à faire que d'être dans sa ferme, un mercredi tantôt ? Il n'est pas paysan ? Un paysan, ça reste chez soi jour et nuit ! Ça ne se déplace que pour de grandes occasions, soit quatre fois dans l'année pour les grands marchés de saison ! Mince alors, c'est pas possible, ça ! Ça ne va pas courir aux quatre vents pour faire des courses en VILLE !

C'est pourtant ce qui est écrit sur la porte. Un bout de papier accroché avec du scotch : « Je suis en ville et ensuite, je passe voir George à Nohant. Si vous êtes un cambrioleur, entrez. Max, mon cane corso, sera ravi de vous faire patienter. » Ah, ah, ah, HEC – c'est le surnom que j'ai décidé de donner à ce Yann – a de l'humour en plus, ça promet !

Je me glisse à nouveau dans la 2 CV, heureuse de retrouver le confort de ses sièges en skaï, non sans avoir jeté auparavant un coup d'œil au domaine de Yann.

La maison est tout en pierre, dans le style de celle de Solange, mais des rénovations importantes ont été entreprises car de grandes baies vitrées, lumineuses à souhait, se découpent désormais dans la façade. D'ailleurs, derrière l'une d'elles, je vois que Max ne me quitte pas des yeux. Il n'a pas l'air franchement amical… Tel maître, tel chien. Je n'ose pas trop faire le tour du propriétaire mais me rends compte qu'il y a une piscine hors sol derrière et qu'un carrosse de princesse gonflable erre paisiblement sur l'eau. Je ne voyais pas HEC jouer avec ce genre de choses… Il est peut-être adepte des sports extrêmes, en fait. Je pouffe en l'imaginant en train de se prélasser dans la calèche de Cendrillon !

Le chemin jusqu'à Nohant s'avère nettement moins facile… pour la simple et bonne raison que mon portable rend l'âme avant de m'avoir conduite à bon port. Je tourne, je vire. Rien n'y fait. Complètement perdue, je reviens sur mes pas et franchis à nouveau le seuil du PMU. Après une explication succincte mais efficace (« Tout droit »), la dame m'encourage d'une phrase que je ne comprends pas mais que son regard rend chaleureuse :

*— V'là que l'temps s'abernaudit, la belle, y va ben nous timber une r'napée. Pour sûr ! Prends un bon pal'teau d'pleu !*[1]

Je roule depuis environ vingt minutes quand, subitement, une pluie torrentielle s'abat sur la 2 CV (ainsi

1. Ce qui signifie, comme me l'expliqua Solange plus tard : « Le temps se gâte, il ne va pas tarder à pleuvoir à vaches qui pissent. C'est certain, donc t'as intérêt à avoir un bon imperméable. »

que sur le monde alentour évidemment !). Les essuie-glaces ne fournissent plus. J'ai du mal à voir la route, enfin le bout de chemin sur lequel pousse, parfois, de l'herbe ! Je décide de m'arrêter quelques instants, histoire d'attendre que les dieux se calment, mais peine perdue. Je reste une heure dans la voiture avant de me décider à sortir. Je suis sur le bord de la route et je vois des habitations pas loin en face ; je vais (encore !) aller demander mon chemin et aussi un peu de thé si c'est possible, car la pluie a drôlement rafraîchi le fond de l'air. Je m'accroche un sac plastique sur la tête tant bien que mal[1] et je sors.

En deux minutes chrono, je suis trempée comme la soupe. Je pique un sprint vers la première maison où je vois de la lumière, traverse la cour en quelques enjambées et pousse, à la volée, la porte entrouverte ! Ça y est : je suis sauvée ! Je ne ressemble plus à rien. Je suis transie de froid mais je suis en vie !

Je me trouve dans un vestibule. Les murs sont entièrement peints de tons pastel, de facture impressionniste ; ils sont clairement en décalage avec l'aura de cette maison qui doit avoir été construite depuis des lustres. À ma gauche, un grand escalier, de ceux qu'on ne voit que dans les châteaux de contes de fée. Les marches sont en marbre clair et semblent luire d'un éclat que les années n'ont pu ternir. Je ne sais pas où je suis mais j'adore cette maison !

1. Ce geste n'est absolument pas à reproduire par vous ou vos enfants, mais dans des conditions extrêmes, il faut savoir faire feu de tout bois.

Tout à coup, derrière moi, j'entends des pas et une voix que je reconnais aisément :

— Alors, je vous manquais ?

Je fais volte-face et lance un regard furieux à Yann. Il éclate alors d'un rire sonore dont je ne comprends la cause que trop tard : j'ai gardé mon sac plastique sur la tête et trempée comme je suis, je dois maintenant ressembler à tout… sauf à une Parisienne sexy et sûre d'elle.

# 15

— Qu'est-ce qui vous amène par ici ?

— Je vous cherchais, j'ai…

— J'avais raison ! Encore et toujours, c'est le propre de ma condition : je suis un homme qui a toujours raison, claironne-t-il à la cantonade.

Un groupe de personnes vient, en effet, de descendre par l'escalier et s'apprête à pénétrer dans la pièce qui s'ouvre à ma droite. Une cuisine, semble-t-il, car je vois apparaître, dans le coin de la porte, quelques belles casseroles cuivrées pendues au mur. La sortie de Yann leur tire des sourires entendus et la guide lui fait même un clin d'œil appuyé.

Alors que je compte lui jeter un regard assassin, il s'est déjà fondu dans la masse et il se rend dans la cuisine, sans même se donner la peine de m'attendre. HEC ne se prend vraiment pas pour n'importe qui. Je fais ça pour Solange. Je fais ça pour Solange. Je fais ça pour Solange. Je me le répète en boucle, histoire de ne pas l'envoyer promener et de tourner les talons.

De mauvaise grâce, je pénètre donc dans la cuisine où la guide fait son office avec un certain panache. Elle évoque notamment la passion que nourrissait George

Sand pour la gastronomie et le fait qu'elle adorait faire des confitures à la citrouille. Elle se lance alors dans l'explication de la recette de la célèbre romancière et je comprends rapidement que nous sommes dans sa maison, la maison de George Sand. Dommage que je n'aie pas le temps et que je ne puisse pas écouter tranquillement le monologue touristique. Yann a déjà disparu par une porte dérobée et je dois le suivre sans attendre. La situation de ma tante est plus importante que ma soif de connaissances.

Il monte, il descend, dépose des objets à certains endroits, en ramasse d'autres ailleurs. Son petit manège dure environ vingt minutes. Il finit par s'apercevoir de ma présence et se retourne pour me toiser.

— Vous êtes encore là, vous ?

Je le suis depuis tout à l'heure ; je n'ai cessé de tenter d'attirer son attention ! Dieu, venez-moi en aide ! Cet homme fait tout pour me mettre en boîte et exhorter mon courroux. Seigneur, épargne-moi, rends-moi sourde à son ironie, apaise mon âme belliqueuse et ma langue avide de railleries insultantes. Sinon, je le jure, je le fais passer de vie à trépas en moins de temps qu'il n'en faut pour le dire ! Je vais la réécrire, moi, la fin de *Roméo et Juliette*, tu vas voir !

— J'ai besoin de vous parler, si ce n'est pas trop demander.

— Je suis là, allez-y.

Je donne un coup d'œil circulaire. Nous sommes seuls, effectivement, mais cette petite pièce tout en longueur, qui doit être un cabinet des curiosités comme on n'en trouve que dans les films d'Indiana Jones, ne me met pas très à l'aise. On y trouve un nombre impressionnant de livres, des objets de forme et d'utilisation indéterminées ainsi qu'une belle brochette d'insectes naturalisés aux corps lardés d'épingles.

— On ne peut pas aller s'asseoir quelque part pour prendre un verre ?

— Excusez-moi mais je suis assez occupé. J'ai cinq minutes, pas plus.

— C'est au sujet de Solange.

Le rouge me monte aux joues et un sanglot étrangle ma gorge. J'ai laissé tomber cette phrase avec la tristesse d'un soldat qui sent ses forces le quitter. Je n'en peux plus. Je n'en peux plus de ce Berry, des piqûres de moustiques qui me brûlent toujours la peau, des artisans sans scrupules qui escroquent une veuve. Je sais bien que le Berry peut être beau et les gens qui le composent également, mais là, je n'ai qu'une envie, c'est me mettre dans un trou et pleurer. La vérité, c'est que je ne sais pas comment aider ma tante, que je ne suis pas une magicienne et que je n'y connais rien à la vraie vie. J'ai eu une idée, mais seule, je suis incapable d'en faire quoi que ce soit.

Même si je regrette que le ton de ma voix m'ait trahi, j'accueille avec indulgence son regard désolé.

Quelques instants plus tard, nous avons délaissé le manoir de George Sand pour une table d'hôtes à deux pas de là. Yann a gentiment proposé de boire un verre de Sancerre en attendant que l'on nous serve nos plats. Depuis que j'ai mentionné Solange tout à l'heure, il a complètement changé à mon égard. Je savais qu'il avait beaucoup d'affection pour elle mais j'avais sous-estimé l'intérêt qu'il lui porte par rapport à l'antipathie qu'il a développée envers moi.

Nous avons pris place dans une pièce aux dimensions modestes dont les murs sont en pierre et les tables, en bois. On dirait une ancienne auberge de campagne à laquelle un amoureux aurait redonné vie. Restaurée avec goût, elle fait sans doute le délice des Parisiens qui viennent s'encanailler en Berry.

Inutile de tourner autour du pot avec Yann, je me lance donc dès que la serveuse a déposé, devant nous, une part de pâté berrichon. Mais avant, je croque à pleines dents dans ce petit délice fait de pâte brisée maison et d'un mélange de chair fraîche de porc et de veau. Je me sens instantanément ragaillardie et pleine d'entrain. Ah, dans des moments comme ça, je ne regrette pas d'avoir oublié mon régime ! L'air de la campagne, ça creuse !

— Solange a certains problèmes financiers que nous sommes en train de régler, mais ce qui m'inquiète surtout, c'est la suite et comment ça va se passer lorsque je serai partie...

— Vous partez quand ?

Sympa, la remarque... Je vais finir de dîner d'abord, désolée... Quel goujat !

— Dans une semaine ou deux.

— J'aime beaucoup votre tante, même si, je vous l'avoue, j'ai un peu de mal à imaginer que vous êtes de la même famille. Cela étant, je ne sais pas bien ce que vous attendez de moi. J'ai moi aussi une ferme à exploiter, et si je peux filer des coups de main de temps en temps, je ne peux pas gérer sa terre à sa place.

— Solange n'a pas besoin de vous pour ça, et de moi non plus d'ailleurs. Elle n'est pas sénile et je ne suis pas une idiote congénitale, contrairement à ce que vous semblez penser.

Nous nous jaugeons du regard un instant avant qu'il reprenne la parole :

— Je suis désolé, ce n'était pas très sympa de ma part.

— Soyons clairs : vous ne m'aimez pas et j'en ai autant à votre service, après nous pouvons peut-être mettre notre aversion de côté et tenter quelque chose ensemble. J'aime Solange et j'ai besoin d'aide.

— Il serait sans doute plus judicieux de demander à quelqu'un que vous appréciez davantage…

— Soyez sûr que si j'avais trouvé cette perle, je ne serais pas ici avec vous ! Vous êtes un commerçant du coin, avec de nombreux contacts dans la presse comme au niveau politique. Vous connaissez bien la région et j'ai besoin de savoir comment les choses fonctionnent ici. Qui appeler ? Quelles sont les associations susceptibles de m'aider ?

— *« Si tu ne connais ni ton adversaire ni toi-même, à chaque bataille tu seras vaincu. »*[1]

Sa culture comme l'humilité avec laquelle il a prononcé cette phrase m'impressionnent.

---

1. Citation du philosophe Sun Tzu dans son ouvrage *L'Art de la guerre*.

— Effectivement, c'est à peu près ça.

Un silence s'installe entre nous et je sens qu'il attend que je me livre un peu avant d'avancer ses pions. C'est de bonne guerre ; il ne me connaît pas. Je lui explique donc, par le menu, ce que j'ai découvert au sujet de la situation fiduciaire de ma tante. Dédé et Camille m'ont dit que je pouvais lui parler à cœur ouvert et en toute confiance. Sur ce dernier point, je reste sur ma réserve et je promets que s'il vend la mèche, critique Solange ou s'avère un filou sans nom, je découpe sa voiture à la tronçonneuse et je lui refais le portrait style ersatz incompétent de Picasso.

— Et donc, votre idée, c'est quoi ?

Le ton de sa voix m'incite à lui répondre sans attendre.

— Le week-end prochain, on organise deux jours de festivités avec des commerçants, une brocante, des dégustations, des visites, une grande table d'hôtes midi et soir, directement chez Solange ! Je pensais aussi à la possibilité de mettre en location, à la nuit ou à la semaine, certaines de ses terres pour que des touristes viennent y poser leurs camping-cars ou leurs tentes. Camper chez l'habitant, c'est très à la mode. Ma tante voudrait faire des chambres d'hôtes, mais comme ce n'est pas possible actuellement, ça lui permettrait de voir s'il y a de la demande à ce sujet et de peaufiner son projet… tout en gagnant un peu d'argent.

Il semble dubitatif, même si j'ai l'impression que l'idée pourrait lui plaire.

— Des locations, des chambres d'hôtes et un week-end entier d'animations à la ferme… Vous voyez grand ! Commençons par le commencement et ce week-end special… Tout ça, c'est bien beau, mais ça veut dire investir pas mal d'argent et faire une com' d'enfer, parce que tout doit être prêt dans sept jours. C'est une bonne idée mais qui ne me semble pas réalisable en si peu de temps et sans argent.

— J'ai bien envisagé le projet de ce point de vue-là et c'est aussi pour cela que j'ai besoin de vous. Je voudrais que tous les commerçants, artisans, etc., viennent bénévolement et qu'ils versent une part de leurs bénéfices à Solange pour la restauration de sa maison. Nous pourrions demander aux amis de ma tante de se mobiliser, à certains clubs, à la mairie, je ne sais qui d'autre encore… Ce que je voudrais, c'est que Dédé fasse visiter la ferme aux enfants pendant que je proposerai des balades à dos d'ânes et que Solange ferait un atelier cuisine. Vous pourriez parler de vos fruits et légumes bio, les faire goûter, en offrir pour les cuisiner aux repas. Le père de Camille pourrait peut-être nous donner quelques baguettes de pain. Vous connaissez sans doute des gens influents dans le coin qui pourraient nous faire de la pub. Je me chargerai du Net et des réseaux sociaux…

Il me toise, impassible.

— Vous vivez un peu dans le monde des Bisounours, vous, non ?

Je ne sais s'il se moque ou non ; je sais juste que je n'ai pas la force de me battre avec lui. J'ai besoin d'un appui, de me reposer, au moins pour certaines choses, sur quelqu'un. Mon projet est sans doute atypique et forcément très audacieux ; j'ai pourtant l'intime conviction qu'il pourrait fonctionner. Après tout, l'événementiel, c'est mon job ou pas ? Je devrais lui dire tout ça, que si lui, il a fait HEC, moi, j'ai bourlingué et bossé un peu partout avant d'atterrir chez Jean-D. et que sa boîte fait partie des plus « in » de tout Paris. Je pourrais...

Au lieu de ça, je me lève et ramasse mon sac. Je ne lui jette pas un regard. Il n'a même pas essayé de comprendre. Il aurait pu peser le pour et le contre. J'étais prête à faire des concessions et j'aurais accueilli ses idées avec bienveillance.

Je traverse la pièce et m'enfuis dehors. Déjà, les larmes envahissent mes yeux et deux mains imaginaires enserrent ma gorge comme dans un étau. Je pensais pourtant qu'il aurait compris et accepté, au moins pour Solange. Je regagne la voiture et décolle sans attendre.

Je suis déçue et j'ai vraiment l'impression d'être une imbécile. Il aurait pu me laisser une chance. Ah, c'est facile, d'avoir des préjugés sur les gens et de ne pas les laisser en sortir. Tout le monde bien étiqueté dans une boîte bien rangée. Moi, je suis quoi ? Une Parisienne écervelée, et c'est tout ! Je ne peux pas essayer de changer. Non, allons donc, les gens ne changent pas. Ils restent bien sagement emprisonnés dans la petite boîte de leur stéréotype. J'enrage. Et comme d'habitude, lorsque la colère est trop vive, je pleure. Il ne s'en tirera pas comme ça, l'épicier de bazar !

courriel : le-petit-berrichon@cpe-editions.com · www.le-petit-berrichon.com
Annoncer une manifestation : annonces-asso@cpe-editions.com - Tél. : 02 54 83 41 41 - Fax 02 54 83 41 43

www.le-petit-berrichon.com

JOURNAL

# Le Petit Berrichon

Haut-Berry • Sologne Berrichonne • Bourges • Châteauroux • Issoudun • Vierzon

*Montipouret*

## Week-end festif chez Solange

### Brocante, dégustation, visite

Lire page 9

*Cher*

**Marché aux patates**

Prochain week-end, grand marché sur la place du village

Lire page 4

*St-Denis-de-Jouhet*

**Fête de la tomate**

La traditionnelle Fête de la tomate aura lieu sous le soleil

Lire pages 7-8

*Recette*

**La galette aux pommes de terre**

Lire page 15

*Pratique*

**Comment endormir les poules ?**

Suivez les conseils de Dédé pour calmer vos poules.

Lire page 23

## 16

Je trempe mes lèvres dans la chicorée. Au fil des semaines, je me suis habituée au breuvage de Solange et je me surprends parfois à le déguster. Ce n'est malheureusement pas le cas aujourd'hui. J'aurais plutôt tendance à piquer du nez qu'à sentir mes papilles en émoi. Je pense à ces jeux que l'on ne trouve que sur les tubes de bulles à savon où le principe est de placer la bille en métal au centre après être passé par de nombreux chemins détournés. La bille tourne et tourne sans jamais trouver sa place et lorsqu'elle se glisse enfin dans le trou prévu à cet effet, un imperceptible mouvement suffit à l'en déloger.

À cause de l'attitude de Yann, je n'ai presque pas dormi de la nuit. Je vais être d'humeur exécrable toute la journée. Pour éviter de trop cogiter, je décide d'aller traire les chèvres.

— Je vais passer les seaux à l'eau pendant ce temps-là, propose Solange.

— Avec plaisir.

Depuis que je suis à la ferme, j'ai pratiquement appris à tout faire et traire les chèvres n'est plus une corvée que je redoute d'exécuter, bien au contraire.

Bien entendu, Jacotte est trop âgée pour cet exercice mais elle veille continuellement sur mon travail. Les premières fois, mon seau tombait souvent car mal positionné. En effet, je n'avais pas pris le pli et un coup de patte de la chèvre suffisait à ruiner mon travail. Désormais, je trais toujours le pis opposé pour éviter ce genre d'accident. Je suis plus appliquée et mes gestes sont plus assurés. J'ai coupé mes ongles qui risquaient de blesser les chèvres et je n'utilise que des seaux de trois litres. Le pis de la chèvre doit être pressé avec trois doigts tandis que le pouce serre le haut de la mamelle afin que le lait ne remonte pas. Traire une chèvre, c'est tout un art. Ce matin, j'ai même droit à un compliment de Solange.

J'aime le contact des animaux. Bon, c'est sûr, ils ne sentent pas forcément la rose mais les chèvres, par exemple, sont gentilles et toujours prêtes à faire des bêtises. Un bout de papier dépasse de votre poche, et elles le volent pour courir avec et le déchiqueter gaiement. Votre peau sent encore le gel-douche au caramel, et vous pouvez être certain d'être léché et débarbouillé par toute la smala.

Je reste toute la journée avec Solange. J'ai besoin de calme. Je ne veux plus repenser à la soirée d'hier ni à mes brillantes idées qui ne verront jamais le jour. Je veux juste profiter de l'instant. De toute façon, je n'ai pas dit mon dernier mot ; je vais trouver une façon d'aider ma tante coûte que coûte.

Sur les coups de quatre heures, on se paie le luxe de jouer au triomino en sirotant une citronnade. Toutes nos tâches sont acquittées pour l'instant, alors on a bien le droit à un moment de repos. Ma tante parle toujours peu mais elle rit de bon cœur à mes plaisanteries idiotes. Ce petit moment à nous me réchauffe le cœur.

Nouvelle traite des chèvres. Moulage à la louche des fromages. Alimentation des ânes. Gamelle de Jacotte. Coup de balai dans la cuisine et hop, il est déjà 19 heures.

Alors que je prépare le gaspacho[1] que nous dégusterons pour le dîner, j'entends une voiture se garer dans la cour. Solange rejoint notre visiteur. Je continue ma préparation. Un soupçon de piment. Un peu de basilic et le tour est joué.

— Amandine, tu as une visite, annonce ma tante.

— Ah bon ? dis-je en levant la tête vers l'importun.

Elle s'efface et Yann entre dans la cuisine. Je le fusille du regard.

— Je vous laisse, annonce ma tante en prenant la poudre d'escampette, Jacotte sur les talons.

Auraient-elles détecté qu'une tempête se préparait ?

— Qu'êtes-vous venu faire ici ?

— Vous êtes partie sans prévenir, hier. Ce n'est pas très correct.

La moutarde me monte au nez en moins de temps qu'il n'en faut pour le dire.

— Correct ? Parce que vous savez, vous, ce que c'est que d'être correct ! ? Vous êtes venu me faire une leçon de morale ? Très peu pour moi ! Je ne veux plus vous

1. Le gaspacho est MA recette. C'est le seul plat que je réussisse toujours. Impossible cependant de vous en donner la recette : c'est classé top-secret. Vous voulez un indice ? OK ! Il est fait à base de légumes crus ! ;o)

voir ! Vous êtes terriblement imbu de votre personne et suffisant ! Vous vous prenez pour qui ? Sous prétexte que vous avez fait des études, vous seriez plus intelligent que la moyenne ? Et même si c'était le cas, vous n'avez pas à traiter les autres de cette manière ! Foutez le camp d'ici avant que je ne…

— Vous avez fini ?

Je ne suis pas du genre violent, pourtant, à ce moment précis, je jure que mes doigts me piquent à l'idée de lui coller une gifle magistrale.

Soudain, il me tend un paquet.

— Ouvrez-le.

C'est une petite boîte en carton recouverte d'un papier alu. À l'intérieur, une part de tarte aux pommes.

Je le regarde sans comprendre.

— Vous n'avez pas mangé votre dessert hier…

— …

— … et nous n'avons pas fini notre conversation.

Nous passons une bonne partie de la nuit à discuter et à mettre en place un plan de bataille. À l'heure qu'il est, il est encore perfectible mais j'ai bon espoir que nous trouvions un compromis. Yann ne lâche rien. Quand il s'investit, c'est vraiment à fond. Il a pris le projet à bras le corps et c'est assez difficile d'avoir le dernier mot avec lui, comme de l'amener à faire ce que je veux qu'il fasse. Néanmoins, j'ai de la pratique et j'en ai corrompu de plus coriaces… Je suis ravie qu'il soit revenu et qu'il nous apporte son soutien.

Le lendemain. 13 h 15. Nous avons fini de déjeuner et une fois que l'odeur de la chicorée a atteint mes narines, je me suis sentie terriblement lasse ; ça devient une habitude, ces derniers temps. Pourtant, je dois être en forme car dans une heure, Yann sera ici avec les journalistes de *L'Écho du Berry*, du *Petit Berrichon*, de *La Bouinotte* et de la *NR* pour faire de la pub sur notre grande fête du week-end prochain. Les membres de la presse tenaient absolument à venir sur place pour prendre des photos de la ferme de Solange et se rendre compte, *de visu*, de ce que nous préparons. Le premier hic, c'est que concrètement, il n'y a encore rien d'installé. Nous venons tout juste de boucler le planning des réjouissances ! Le second problème – et non, des moindres –, c'est que la propriétaire des lieux ne sait toujours rien de mon super grand projet ! Pas plus que des autres, d'ailleurs…

C'est honteux, intolérable et vraiment lâche mais je n'ai toujours pas pu me résoudre à parler à ma tante. Il faut tout avouer, pourtant, et ce avant qu'il ne soit trop tard, car Yann et les scribouillards berrichons ne vont pas tarder à envahir la cour de la ferme. Elle va m'en vouloir d'avoir ainsi questionné ses proches, d'avoir fouillé dans ses affaires et réglé ses factures. Je vais me faire lapider, et en plus sans témoin ni avocat. En même temps, je suis une grande fille – enfin, au moins, au sens figuré – et j'assume. Je ne regrette rien, pourtant, je risque de prendre cher.

Je pose les yeux sur Solange. Elle est incroyablement belle, comme souvent. Depuis mon arrivée, elle fait des efforts pour s'habiller et je prends plaisir à lui donner quelques conseils beauté. Elle ne portera jamais de talons aiguilles ou de décolletés provocants ; à vrai dire, elle n'en a nullement besoin. Avec une chemise crème à col mao, ses cheveux relevés en chignon coiffé-décoiffé et sa chaîne en or glissée autour de l'alliance de mon oncle, elle resplendit de beauté et de grâce. Ah, ma Kim Basinger à moi !

— Allez, Amandine, dis-moi ce que tu as à me dire, murmure-t-elle tout à coup alors que je pensais qu'elle était perdue, elle aussi, dans ses songes.

— Je... euh...

— Je vois bien que tu as quelque chose sur le cœur. Tu peux me parler, tu sais.

Nos regards s'accrochent.

— Je sais.

J'aurais souhaité retarder encore l'échéance, un tout petit peu, pour trouver les bons mots. Il n'en est plus question. Alors, je me jette à l'eau sans autre forme de procès. Sans préambule, je vide mon sac. Je lui dis tout... depuis la fois où je l'ai entendue pleurer seule dans sa chambre jusqu'au rendez-vous clandestin au moulin avec André et Camille. Je lui parle de Jean, de la culpabilité que j'éprouve envers elle, envers lui. J'évoque Alexandre et jusqu'à la raison qui m'a fait venir ici. Mon absence de discernement. Mon égoïsme surtout. Je ne pleure pas ; je ne veux pas l'attendrir. Je suis consciente de tout ça et je ne veux pas de traitement de faveur. Ce n'est pas un mea culpa. Je suis comme je suis. Parfois, je ne suis simplement pas telle que je le voudrais. Je ne veux pas qu'elle me pardonne ; je veux qu'elle me suive, qu'elle m'accorde sa confiance et qu'elle soit enfin un peu heureuse.

Quand je me tais enfin, nous restons quelques instants, muettes, à nous dévisager. Peut-être lit-elle mieux dans mon regard ce que j'ai tenté de faire pour elle et les raisons qui motivent mes actions ?

— Donc, pour sauver la ferme, tu montes avec Yann une grande fête campagnarde qui doit avoir lieu dans moins d'une semaine et qui va te coûter des mille et des cents ? Tu as remboursé mon découvert et tu vas perdre ton appartement pour ta vieille tante claudicante ?... Ce n'est pas ce que je voulais pour toi.

Elle semble sincèrement déçue. Les larmes me montent aux yeux mais je les retiens.

— Tu n'es ni vieille ni claudi... je sais pas quoi ! Tu es ma Solange et je t'aime. Je me fous de l'argent et je ne l'ai jamais dépensé avec plus de facilité que pour toi.

— Tu n'es pas là pour prendre soin de moi ! rétorque-t-elle agacée. Ça devrait être le contraire ! Je ne veux pas de tout cet argent, il est à toi ; tu l'as gagné.

— Oui, et j'entends bien le dépenser comme j'en ai envie.

— Je ne t'ai jamais demandé de faire quoi que ce soit pour moi...

— Je le sais parfaitement mais j'avais besoin de...

— Je dois être une pauvre femme sénile pour que l'on me traite ainsi.

— Arrête de répéter ça. Tu ne comprends pas...

— Toi aussi, tu ne comprends pas, répond-elle cassante.

— Qu'y a-t-il à comprendre de plus ? Je devais te laisser dans cette situation pour préserver ta… ta…

— Eh bien, dis-le ! Ma quoi ?

Cette conversation me met hors de moi. Je suis en colère contre elle et contre moi.

— … ta fierté mal placée !

— Je n'aime pas que tu me parles sur ce ton. Je me débrouillais très bien sans toi. Je ne t'ai pas demandé de revenir !

— Ah, de la mauvaise foi à présent ?

— Et tu as parlé à tout le monde de mes petits soucis !

— Tes « petits » soucis ? Tu plaisantes ? Un huissier allait frapper à ta porte d'ici une semaine si je n'avais rien fait… J'ai demandé des explications à tes amis…

— Ils n'avaient pas à savoir !

— Ils savaient déjà, figure-toi. Tout le monde sait !

Je n'aurais pas dû dire ça, pas de cette manière. J'ai été trop abrupte. Je m'en veux immédiatement et lorsque je croise son regard désorienté, je me sens vraiment coupable.

Je voudrais qu'elle comprenne pourquoi j'ai fait tout cela. Au lieu d'essayer, elle me renvoie à ma propre inconséquence, à mon absence de ces dernières années. Il est illusoire de vouloir se racheter. Ce qui est fait est fait, rien ne change cela. Je dois changer la suite, alors pourquoi ne pas accepter la main que je lui tends ?

C'est le moment que choisit Yann pour pénétrer dans la pièce. Je ne l'ai même pas entendu arriver ; peut-être a-t-il pris son vélo pour rejoindre la ferme.

Il paraît d'humeur charmante et Jacotte est sur ses talons, prête à en découdre au moindre geste suspect.

— La presse arrive dans pas longtemps ; je vais me changer.

Je quitte la pièce sans attendre, blessée par les remarques de Solange. Ne voit-elle pas que je veux juste l'aider ? Mon « argent » n'est-il pas assez bien pour la ferme ? Pourquoi me repousse-t-elle ainsi ?

Je les entends discuter avec Yann tandis que je m'habille. Volontairement, je ne cherche pas à comprendre ce qu'ils disent exactement ; Solange m'a fait trop de peine pour que je puisse en supporter davantage. Je tente d'effacer mes cernes et de me redonner bonne mine à grands coups de fond de teint, de poudre de soleil et de mascara waterproof. Le résultat n'est pas si mal, en fait. Je chausse mes escarpins Louboutin fétiches et prends la direction de la cour de la ferme. J'ai procédé à un grand nettoyage ce matin et tout est nickel, comme si *Maison Magazine* venait nous rendre visite. Sous le châtaignier, j'ai installé le salon de jardin en fer forgé ; c'est là que nous procéderons aux interviews et que j'offrirai mignardises (maison !) et rafraîchissements. Je me sens comme dans la séquence du film *Moulin Rouge* où les acteurs entonnent *The show must go on* de Queen. Je suis emplie de détermination même si mon cœur saigne.

*« The show must go on*
*The show must go on*
*Inside my heart is breaking*

*My make-up may be flaking*
*But my smile still stays on.* »[1]

Le soir même, alors que je suis en train de rentrer les poules, Yann me rejoint. La visite des journalistes s'est plutôt bien passée et je compte sur trois ou quatre bons papiers et des tweets à gogo pour annoncer notre manifestation. À ma grande surprise, Solange a accepté de répondre à quelques questions même si elle est volontairement restée en retrait. Je ne lui ai pas reparlé depuis tout à l'heure, et à vrai dire je me sens un peu abattue et préoccupée. Ai-je bien fait de me lancer là-dedans ? Je ne connais ni le terrain, ni les gens qui doivent tous me voir comme une illuminée échappée de la jungle parisienne. Solange a peut-être raison ; je devrais prendre mes cliques et mes claques et repartir d'où je viens. Je n'ai rien à offrir.

— Je vois beaucoup d'idées noires dans cette petite tête, me dit doucement Yann.

Je lui souris faiblement.

— Pourtant, nous avons encore pas mal de pain sur la planche et vous devriez être heureuse que la presse nous suive.

— Je le suis. C'est juste que…

— C'est par rapport à Solange ?

J'acquiesce.

---

1. Le spectacle doit continuer / Le spectacle doit continuer / À l'intérieur mon cœur est en train de se briser / Mon maquillage est peut-être en train de s'écailler / Mais mon sourire demeure. Extrait de la chanson du groupe Queen présente sur l'album *Innuendo* sorti en 1991.

— Nous autres Berrichons, nous sommes un peu réfractaires au changement, et parfois un peu trop fiers lorsqu'on nous tend la main.

— De sacrées têtes de mule !

— Oui, mais avec un grand cœur ; enfin, je pense.

— Prétentieux !

Je sors de l'enclos et me dirige vers lui. Il me fixe intensément une fraction de seconde et glisse sa main sur ma joue. Je frissonne instantanément.

— Laisse-lui le temps, dit-il simplement.

Un nœud se forme au creux de mon estomac. Son tutoiement a quelque chose de profondément intime. J'évite délibérément son regard afin de ne pas perdre le contrôle de la situation. C'est la première fois que je suis aussi proche de lui. Je peux sentir son souffle sur mon cou et l'odeur de son after-shave, peut-être un peu trop musquée à mon goût mais terriblement masculine. Il relève doucement mon menton... Oh, mon Dieu... Attention... Warning ! Collision immédiate. Risque de combustion spontanée !

Tout ne se passe pas comme prévu. Il n'était pas prévu que j'embrasse un fermier berrichon qui ressemble vaguement à Clovis Cornillac et qui est diplômé d'HEC au beau milieu de la cour de la ferme de ma tante ! Il n'était pas prévu que notre association dérive jusqu'à cet écueil et que son tempérament borné et belliqueux finisse par me plaire ! Il n'était pas prévu que je fonde au moindre contact de sa peau... et je suis terrorisée par tout ce qui n'est pas prévu !

Vite, vite, une idée lumineuse avant que ses lèvres ne touchent les miennes... Non, non, ne ferme pas les yeux, Amandine, s'il te plaît ! Oxygène ton cerveau, respire et ressaisis-toi !

Et là, brutalement, alors que mes dernières barrières menacent d'être emportées par un baiser enflammé, il murmure :

— Allez, au boulot, Didine !

Douche FROIDE !

Par tous les saints du monde entier, je jure solennellement de laver cet affront en faisant ramper à mes pieds ce cloporte ! Yann, je me vengerai et tu me supplieras de t'embrasser avant que je parte pour Paris. Tu vas tomber tellement amoureux de moi que tu voudras te ligoter aux rails du train pour éviter qu'il ne file vers la capitale.

# 17

Solange et Jacotte nous suivent tout l'après-midi. Elles nous regardent faire sans jamais émettre la moindre contestation. Lorsque ma tante ouvre la bouche, c'est pour proposer un rafraîchissement à notre petite bande (Dédé, Yann, Camille et moi)... à part cela... rien ! Je ne sais pas si c'est parce qu'elle s'en fiche ou pour marquer sa désapprobation ; le fait est qu'elle est encore plus laconique que d'ordinaire et c'est peu dire. Quant à Jacotte, la bête suit sa maîtresse comme son ombre et ne souhaite visiblement pas frayer avec nous. Pas de passage à proximité pour obtenir une caresse et aucune sollicitation pour se faire offrir un morceau de pomme à quatre heures. En gros, elles ne nous calculent pas... et forcément, ça m'agace prodigieusement. Non pas que je m'attendais à de grands cris de joie mais tout de même, avec le travail abattu aujourd'hui, elles pourraient réagir. Que diable ! C'est pas mal ! Nous avons remis en place et ajouté, lorsque c'était nécessaire, les piquets délimitant deux de ses champs, les plus proches de la maison afin qu'ils puissent accueillir des campeurs très bientôt. Un petit coup de tondeuse n'a pas fait de mal et donne un bon coup de propre à l'ensemble. Hier soir, je me suis occupée de déposer notre annonce sur un site qui propose de venir camper chez l'habitant et j'espère avoir bientôt des retours, voire des réservations ; ça serait formidable. J'ai vanté la beauté du terroir berrichon, la richesse de sa culture, l'excellence de sa gastronomie. J'ai tout fait pour attirer les camping-cars, randonneurs, roulottes et autres tiny houses, pourquoi pas ! ? Nous n'avons pas encore de point d'eau mais cela pourrait être envisagé en fonction de la demande car Dédé, sorcier dans l'âme et sourcier d'un jour, a réussi à trouver un… puits sur le site ! Eh ouiii ! Il est formidable, j'avoue. Je ne sais pas comment il a fait et je pense que lui non plus, en fait, mais désormais, on peut imaginer avoir de l'eau sur le terrain. Ce n'est pas obligatoire, pas plus que d'avoir des sanitaires. Il existe toujours la possibilité d'installer des toilettes sèches ou des douches solaires. Ce nouveau projet nous ouvre un vaste champ des possibles. Nous allons devoir nous informer, peut-être également nous former mais cela vaut le coup et Solange y trouvera rapidement son compte. Accueillir des campeurs sur son terrain, le temps d'une nuit ou d'une semaine, échanger avec eux, elle va adorer, j'en suis convaincue. Elle pourrait même proposer des visites de sa ferme, promouvoir la vente de son lait, de ses œufs. Si le concept fonctionnait, nous pourrions envisager d'acheter des tentes ; ils en vendent de très bien sur internet. J'ai également vu qu'il existait un « camping-car gourmand » permettant de mettre en relation les restaurateurs et traiteurs du cru et les touristes de passage. Plus besoin de guide touristique, via une appli et un QR Code, la carte est en ligne ; il ne reste plus qu'à commander les délices du terroir local... Peut-être même que cela pourrait plaire à Solange, parfois, de partager ses recettes avec des amateurs... Autant d'idées à creuser... reste à savoir si l'on m'autorisera à débuter les fouilles... Enfin, on peut au moins y réfléchir ! J'aime... réfléchir... ces moments d'évasion me procurent une profonde satisfaction et me permettent de lâcher prise, car il existe toujours une multitude de solutions lorsque l'on ouvre les yeux, que l'on voit un peu plus « clair »... Depuis que je suis en Berry, je vois vraiment « mieux ». Je vois les gens, les paysages, les instants de bonheur aussi fugaces que des bulles de savon. Je pense que cela faisait des années que je n'avais pas vécu chaque jour aussi intensément, avec l'intime conviction d'avoir une place à trouver et d'avoir envie de la chercher. Ne plus me laisser bringuebaler, aller, porter, happer par une forme de gloire au temps compté, mais être pleinement consciente que je suis là où je suis et qu'il n'appartient qu'à moi d'y rester ou de m'en extraire... Enfin « qu'à moi »... Il faut que je relativise un peu aussi parce que, là, je m'emballe... Ma brouille avec Solange n'est pas si lointaine et ne semble pas en voie d'apaisement.

Nous passons la soirée tous ensemble autour d'un repas confectionné par André lui-même qui se targue d'avoir pris des cours auprès du chef de « La Cognette », un célèbre restaurant issoldunois. Je connaissais déjà les talents de notre voisin pour la cuisine mais il m'étonne pourtant à chaque fois. Il semble aussi à l'aise dans l'élaboration de plats traditionnels que lorsqu'il faut faire preuve de créativité et concocter quelque chose avec les moyens du bord. Peut-être une passion inassouvie ? En tout cas, c'est un chef ! Il est vrai, toutefois, qu'il n'est pas vraiment amateur de cuisine veggie ou légère ; donc, à la fin du repas, un petit digestif ne nous fait, comme c'est le cas ce soir, pas de mal, bien au contraire.

Quand chacun regagne son chez-soi, j'embrasse ma tante qui semble avoir apprécié cette journée – et ce, malgré son attitude et celle de son fidèle destrier – et vais me coucher. Je m'assoupis rapidement avant de m'éveiller en sursaut. J'ai un appel via Whatsapp et le téléphone fait un bruit du diable ; j'ai encore dû dérégler la sonnerie. Je mets quelques instants avant de comprendre ce qui m'arrive.

J'avise mon portable.

3h24.

3h24 !

3h24 du matin ! Enfin, même pas du « matin ». C'est pas le « matin » à 3h24, c'est la nuit ! ! On n'est pas à Paris, ici ; qui me dérange en plein sommeil ? L'importun va se prendre un de ces savons !

Sur mon écran, la photo d'une fille que je ne connais pas… Qu'est-ce que c'est que cette hurluberlue ! ? Je clique sur le bouton avec la vidéo sans le faire exprès et nous voilà, face à face… Moi, avec les cheveux dans tous les sens, en pyjama, regard éteint et cernes en sus et elle, parfaitement mise comme si elle sortait de l'institut de beauté… Mais il est 3h24… Elle vit où ? En Chine ?

Elle ne me laisse pas parler et commence aussitôt avec un débit de parole digne d'Emminem.

— Oui,Bonjour,vousdormiez?

C’est quoi, cette question idiote ! Ça ne se voit pas peut-être !

— ...Jenevousdérangepaslongtemps,jeviensde réserverpourceweekendsurlesitecampezcontentcampez chezl’habitantetj’avaisquelquesquestionsausujetde montipouret,decequ’onpouvaityfaire,sivouspouviez nousprévoirdeuxtroischosesparcequec’estunelubbie demoncopain,cetteescapademaismoi,jesuisplutôtdu genre...euh...comment vous expliquez ?

Je sens déjà poindre un mal de crâne carabiné avant qu’elle ne reparte de plus belle.

— ...Onpourraitdirequejesuisunpeuunefashion addictparcequejefaistrèsattentionàmafaçonde m’habiller,demecoiffer;enfin,çafaitpartiedusavoir-vivrequandmême,onncpeutdécemmentpassepromener attiféàlamodedel’andernierlorsquel’ondoitpasseraux Galeriespourrécupérerunclickandcollect,non,mais sincèrement,vousenpensezquoi?Commemoi,çane m’étonnepasmaisjem’égare...

Oh que non, c’est moi que vous égarez, ma p’tite dame ! Il est 3h24 de la NUIT et vous enchaînez les phrases comme une mamie, les rangs de tricot. Vous venez de quelle planète ?

— ...Donc,j’enreviensausujetdemonappel,oui, voilà,serait-ilpossibled’avoirduvraicafé,samediet dimanchematin,pasuncaféinstantanné,duvraicaféavec unpercolateuretdescroissantsaubeurred’unevraie boulangerietypiquedechezvous,aveclavieilledameau comptoiravecsarobeàfleurs...

À un moment ou à un autre, est-ce qu'elle va reprendre son souffle ou est-elle... UNE EXTRA-TERRESTRE ? ! Parce que ce n'est possible, je veux dire qu'il n'est pas NORMAL pour une personne NORMALEMENT constituée d'avoir un débit pareil. Elle était quoi, elle, dans une vie antérieure ? Mitraillette ?

— Çaseraittellementformidablequ'onpuisserencontrer devraiespersonnescommeça,commevous,commedans lesvieuxfilmsmaisjevouscoupeuneseconde,votrevisage meditquelquechosemêmesic'estvrai,vousn'avezpas l'airtrèsenformeaujourd'hui,vouscouvezquelquechose peut-être,ilparaîtquechezvous,ilyadesétangspartout,ily adesmoustiques,vouscroyezquejedoismefairevacciner contrelepaludismeavantdevenir?

Je pense qu'il faut que je l'arrête, sinon, je ne sais pas où elle habite mais je vais aller la bâillonner puis la pendre par les pieds en place publique. Se faire vacciner avant de venir en Berry ! ? N'importe quoi ! Et puis, cette façon de parler, de bouger sans cesse la tête comme si elle se servait de l'écran comme miroir... ces exigences de diva... ces stéréotypes sur les gens d'ici... ses... M... M... de M... Elle me rend vulgaire, cette folle, vulgaire et en colère ! On dirait MOI ! C'est terrible, affligeant, déshonorant, honteux, humiliant, vexant, blessant, dégradant mais... vrai... Il y a quelques semaines, c'est encore comme cela que je m'exprimais.

Je lui coupe la parole, m'engouffre dans la brèche et mets quelques points sur ses « i ».

— Madame, vous êtes la bienvenue dans nos champs pour camper ce week-end comme les suivants.

Nous vous accueillons avec plaisir ; cependant, je dois évoquer avec vous le véritable visage de l'endroit où vous souhaitez résider. Au sujet du café, ma cafetière en fait de très bon et je serais ravie de le partager avec vous, en vous conseillant des balades et en vous proposant un morceau de radillat fait maison. Néanmoins, je me dois de vous avertir : le premier percolateur à la ronde est à La Châtre, soit à 2h19 de marche, à 15 minutes si vous êtes véhiculés. Nonobstant, je serai ravie de vous indiquer le chemin. Je vous ferai livrer des croissants par le boulanger, si vous le souhaitez, mais sachez qu'il n'a pas dépassé la trentaine et ne porte généralement pas de chemise à fleurs. Désolée. Enfin, parce que votre bonne santé est notre préoccupation, je vous invite à questionner votre médecin traitant concernant cette possibilité vaccinale et à ne pas vous offenser de sa réaction lorsqu'il étouffera un rire, bien mal à propos face à cette question si… judicieuse. Le Berry est un endroit charmant où l'on passe de bons moments lorsque l'on sait où aller, quoi voir et manger. Certes, le dépaysement est garanti mais rassurez-vous, nous avons l'eau, l'électricité et même la fibre. Eh oui, sinon, vous n'auriez pas pu me contacter à cette heure totalement inappropriée pour me poser des questions absolument incongrues ! Sur ce, je vais devoir vous laisser car j'ai une nuit à terminer.

Et j'ai raccroché. Contre toute attente, elle n'a pas annulé sa réservation.

# 18

Autour de la table, on trouve André et quatre de ses amis, Camille et trois de ses cousines ainsi que ses parents, Yann qui a amené un copain fabricant de confitures bio, Solange et moi. Comme toujours, Jacotte préside l'assemblée. Il manque encore M. le Maire, qui a « promis sur son honneur » – c'est un homme extrêmement grandiloquent avec une moustache à la Dalí – qu'il viendrait juste après le conseil municipal exceptionnel, et Jeannette, une voisine de Solange avec laquelle elle est allée à l'école.

Il est 22 heures et je sais que tout le monde n'a qu'une envie, c'est de regagner son domicile pour dormir jusqu'au matin, mais il reste encore des points à éclaircir.

J'interpelle Camille et ses copines :

— Les filles, est-ce que vous avez le matos nécessaire pour vos ateliers avec les enfants ? Il faut absolument acheter du maquillage à l'eau, pas de produits gras. Je veux que vous preniez ça dans un magasin de jouets et que vous demandiez conseil aux vendeurs. Prenez le haut de gamme, d'accord ? Vous avez l'enveloppe et elle n'est pas extensible, alors il va falloir faire preuve d'imagination pour la rentabiliser.

— Ne t'inquiète pas. Deux de mes cousines – Camille désigne les deux jeunes filles à lunettes qui sont à sa gauche – ont le BAFA, donc ce sont des pros. Et on est déjà en train de faire des accessoires et des costumes avec des trucs de récup' pour fabriquer de vrais déguisements. Les enfants, on s'en occupe. On a même prévu une petite pièce de théâtre que l'on jouera plusieurs fois dans l'après-midi avec les gamins du centre aéré de Mers-sur-Indre.

Je lui souris. Elle est adorable, cette petite Camille. Elle ne cesse jamais de vouloir m'impressionner, et pourtant, si elle savait comme sa force et sa ténacité me fascinent ! Elle sait un tas de choses sur tout et n'importe quoi ; elle est sensible et honnête. C'est une jeune personne formidable qui sera une belle adulte. Oh ! Attention à ce genre de remarques : je parle comme un marabout de bas étage ou une vieille fille nostalgique.

— À propos, intervient Solange, qui est-ce qui fait des tartes ?

C'est la première fois qu'elle prend part à la conversation. Depuis le début, elle nous écoute, et à un moment j'ai même cru qu'elle dormait, ou, pire encore, qu'elle se fichait bien de ce que nous racontions.

Je verse un peu de café ou de tisane, selon les désirs des convives, pendant que Yann compte le nombre de marmitons disponibles pour confectionner les desserts.

— Je vous offre une dizaine de gâteaux que vous n'aurez qu'à vendre à la part pour le quatre-heures, annonce le papa de Camille.

— Je préparerai de la limonade, renchérit sa femme.

— Et moi, du thé glacé au gratte-cul, ajoute Solange ravie.

Avant, j'aurais pouffé de rire en entendant ce mot… Gratte-cul ! À présent, après mon voyage en Berrichonnie, je sais ce que c'est que du gratte-cul[1].

Le maire arrive enfin, accompagné de Jeannette qui ressemble trait pour trait à Maria Bodin. On a du mal à croire qu'elle et ma tante ont le même âge… Autour de la table, les idées fusent à nouveau ; les langues se délient, encouragées par les nouveaux visiteurs et les boissons chaudes.

— J'ai une bonne nouvelle à vous annoncer, claironne M. le Maire une fois son café achevé.

Comme les grands hommes politiques que l'on voit sur LCI ou BFM TV, il fait une pause et glisse, sur ses lèvres, une moue énigmatique. Yann me regarde et lève les yeux au ciel. Je lui offre mon plus beau sourire style pub pour Colgate et lui fais un clin d'œil.

— Dites-nous, M. le Maire, dites-nous, l'encourage Camille.

— Je ne sais si je dois. Quelques âmes sensibles dans l'assemblée risquent de s'évanouir comme Mme Le Pitron l'a fait tout à l'heure à la mairie.

Je ne sais pas du tout qui est cette Mme Le Pitron, et à vrai dire cela m'importe peu. Qu'il lâche enfin sa GRANDE nouvelle, sinon je jure de lui arracher sa moustache à la pince à épiler !

---

1. Pour info, j'suis pas un dictionnaire. Vous n'avez qu'à ouvrir votre bon vieux *Robert* ou télécharger une appli sur votre smartphone… Je vais pas tout vous mâcher non plus !

— Nous allons monter le chapiteau de la commune sur un des champs de Solange et samedi soir… (on a presque l'impression d'entendre un roulement de tambour ou un jingle télé) les comédiens… (nouvelle pause – attention, pince à épiler en cours d'approche) de Bourges viendront y jouer leur dernière pièce. Et tout ça, sans avoir à leur verser un centime ! On aura le droit de faire payer les entrées mais ils ne prennent rien dessus !

— Les comédiens de Bourges… répète André. Vous voulez dire, la troupe des Fricassées d'musiaux[1] ! ?

— Ceux-là mêmes !

— Ils vont venir gratuitement ? Ici ? Samedi ?

— Ouiiiiiiii ! explose le maire. Ils interprèteront leur nouvelle adaptation de *Beaucoup de bruit pour rien* de Sir William Shakespeare.

Alors, un grand vent de frénésie envahit la pièce et tous se mettent à hurler de joie. André prend Solange dans ses bras tendrement. Se pourrait-il que ma tante ait les larmes aux yeux ? En public ! ? Jeannette jubile. Camille fond sur moi en même temps que Yann pour un câlin mémorable.

Lorsque les esprits s'apaisent un peu, je marmotte à l'oreille de Yann la question qui me brûle les lèvres :

— C'est quoi, cette troupe, exactement ?

— Juste une vingtaine de comédiens qui se produisent dans tous les théâtres de la région à guichet fermé et dont le spectacle fait un tabac. Ils doivent jouer à Noël sur Paris.

1. Expression berrichonne qui signifie « gros bisous ».

Avant de me laisser exprimer mon enthousiasme, il décide d'opter pour la comparaison qui tue :

— Les Fricassées d'musiaux à Montipouret, c'est un peu comme si Adèle chantait en duo avec Rihanna ou que Kate Winslet annonçait un *Titanic 2* : c'est un événement ! C'est un « truc » de fou, du jamais-vu !

Je me doute bien que c'est une excellente nouvelle mais son ton condescendant ne me plaît guère...

— Ah, OK, en fait, c'est un peu comme si vous et moi, on sortait ensemble, quoi !

Je ris à gorge déployée et il prend la mouche. Fallait pas jouer, mon p'tit gars, parce que ma vengeance sera terrible !

Finalement, après la révélation de M. le Maire, toute la troupe retrouve son allant et à cinq heures du matin, Solange fait une soupe à l'oignon pour tout le monde. Je ne finis pas mon bol et m'endors lamentablement sur la table. Personne n'ose me réveiller et lorsque je m'éveille, j'ai un mal de dos terrible, une haleine affreuse mais une humeur au beau fixe. Je file sous la douche pour mettre de l'ordre dans la paperasse qui envahit la table avant de rejoindre Yann chez lui. Il veut me présenter « quelqu'un ». C'est curieux, comme expression. Vous entrez dans une agence bancaire ou même à la poste, un agent vous accueille et vous lui dites : « Je voudrais voir quelqu'un »... Parce que lui, l'agent, n'est pas « quelqu'un » ? « Quelqu'un » est forcément plus important, intelligent et impressionnant. « Quelqu'un » a la science infuse et on ne peut lui parler que dans certains cas bien précis. Personnellement, je n'aime pas rencontrer des « quelqu'un » ; ça m'intimide. J'ai beau faire de la com', je n'aime pas nager au milieu des gros poissons. Je ne le montrerai jamais mais je perds vite mes moyens à leur contact.

Fraîche comme la rosée, je fais le tri des documents et mets au propre nos notes communes afin d'avoir une vision claire de notre manifestation. Quand je bosse, je suis excessivement méticuleuse, tendance maniaque même. Pour tout dire, si j'étais une « Desperate Housewife », je serais Bree Van de Kamp… J'apprécie surtout son souci du détail. Impeccable de la tête aux pieds, bien qu'un tantinet trop classique niveau look, cependant… Bien entendu, côté mode, mon modèle demeure l'irrésistible Eva Longoria. Malheureusement, aujourd'hui, je n'ai pas le temps d'élaborer le petit chef d'œuvre Excel que j'ai en tête. J'ai rendez-vous avec « quelqu'un » !

Comme je ne sais toujours pas qui est ce « quelqu'un » (même après avoir harcelé mon hôte de vingt-trois SMS interrogateurs), je décide de faire un effort vestimentaire et me pare de mes plus jolis atours. Talons, veste *fashion*, jupe courte et droite et *tutti quanti* côté maquillage. « Quelqu'un » est sans doute « une grosse légume ». Après tout, il est invité chez le meilleur maraîcher du coin ! Je me fais rire toute seule. C'est vraiment « ras des pâquerettes » comme humour ! Je me ramollis.

Je suis chez Yann avec armes et bagages à 19 heures pile ! Pas d'autre voiture garée dans la cour ; parfait ! « Quelqu'un » n'est pas encore là ! Je ramasse mes chemises à rabat, mes blocs et mon PC pour me diriger vers la porte d'entrée.

Et là… c'est le drame ! Max[1] se jette littéralement sur moi et, sans aucun souci pour ma tenue comme pour la mode en général, m'appose ses grosses pattes pleines de poils et de terre sur les épaules. Je vacille sous le poids du monstre canin et me retrouve « les quatre fers en l'air », comme dirait Camille. À terre, le colosse émet des sons incompréhensibles et me lèche consciencieusement le visage. Attiré par mes cris, Yann accourt rapidement et m'arrache des griffes de Max la Menace.

— Je suis navré ; il n'est jamais comme ça. Il est moins… euh… enthousiaste d'habitude !

Il a l'air sincèrement désolé pour moi et je lui sais gré de ne pas faire de blagues idiotes.

— Rentrez, on va vous nettoyer un peu… Max, calme-toi, mon vieux ! On dirait que t'as jamais vu d'dames !

Des « dames » ? Je ne suis pas une « dame », attends, c'est pas le Far West, cowboy ! Je suis une « demoiselle » et je me fiche complètement de ce que l'administration peut dire. Demoiselle, je suis ; demoiselle, je resterai… Enfin, jusqu'à ce qu'un beau gosse me passe la bague au doigt… La GROSSE bague au doigt[2] !

---

1. L'énorme chien de Yann. À côté de lui, la bête du Gévaudan est un minuscule nounours inoffensif.

2. Marilyn a toujours raison : *« Diamonds are a girl's best friends »*.

# 19

Yann se montre un hôte attentionné et chaleureux. Il est tout à fait différent chez lui. Moins secret, moins sur la réserve, plus détendu. Sa maison est de belle dimension sans que l'on puisse la qualifier de grande. Les murs sont blancs et le bois omniprésent. Par terre, de ravissantes tomettes d'un bel orangé patiné. Max a regagné son panier et nous observe tandis que nous sirotons un kir dans le salon. Il n'a pas fait trop de dégâts à ma tenue. Je souhaiterais en dire autant de mes chaussures : un des talons n'a pas supporté l'assaut du colosse, et je les ai donc posées. Mes pieds resplendissent, à présent, dans une somptueuse paire de tongs vert fluo. À qui sont-elles ? Mystère ! C'est très... seyant... et avec ma jupe crayon, j'ai un look d'enfer. Je m'en fiche pas mal.

— Alors, qui attendons-nous ?

— Ah, ah, vous aimeriez bien le savoir !

Il esquisse un sourire presque enfantin.

— Précisément. Allez, c'est bon, vous m'avez assez laissée mijoter : dites-moi, maintenant.

Il me tend le bol de cacahuètes et je remarque (enfin) qu'il a taillé sa barbe... qu'il porte une chemise...

et qu'il sent incroyablement bon ! Que se passe-t-il, ici ? Est-ce un rendez-vous galant que je n'aurais pas prévu ? Je lui jette un coup d'œil à la dérobée. Bon, j'avoue, j'avoue, ce soir, il est vraiment mignon... Oui, bon, OK, il est charmant... Je croquerais bien dans autre chose que les cacahuètes, moi ! Son lobe d'oreille m'apparaît particulièrement irrésistible. Qu'est-ce que j'ai tout à coup ? Ça ne va pas ! Faut que je dorme ! Je me fais des films ! C'est Yann, quand même... le mec le plus agaçant de la planète !

— En fait, je voulais vous présenter ma mère.

Oh, là, j'ai dû rater un épisode. On se fait un *replay* ? Sa mère ! Mais c'est trop tôt... Enfin... on n'a pas... et on va pas... euh... Mon cerveau s'embrouille et je pique un fard. Qu'est-ce qu'il fait chaud ici !

Je tente de formuler une remarque intelligente. En vain. Je lui lance donc mon « fameux regard », celui que je n'utilise qu'en cas de force majeure, lorsque je ne sais plus quoi dire... et cela m'arrive si rarement que je dois me concentrer pour le reproduire. Regard brillant de curiosité. Sourcil droit arqué et haussé. Bouche très légèrement entrouverte.

— Maman...

Oh, il l'appelle « maman », c'est trop chou... Il dégage vraiment quelque chose, ce soir... Et ce lobe d'oreille ! *Mamma Mia !*... Mais ça va pas, moi ! Je couve quelque chose à penser des trucs pareils ! Ou alors, il a drogué mon kir cassis...

— ... C'est une artiste en herbe, si l'on peut dire. En fait, elle peint depuis des années et je voulais vous proposer d'exposer quelques-unes de ses toiles pour le week-end chez Solange... Ce n'est pas un grand peintre mais elle a un bon coup de crayon et... ça pourrait être sympa, je trouve...

Mon cœur qui battait à tout rompre s'apaise quelque peu. Un brin de déception m'envahit. Son invitation ne cachait donc rien d'autre, finalement.

— Ah ? Euh, oui, pourquoi pas...

Il continue à évoquer la passion de sa mère et je l'écoute d'une oreille distraite. Pourquoi je ne lui plais pas ? Pourquoi invite-t-il sa mère alors que nous pourrions être seul à seul ? Pourquoi ai-je envie d'être seul à seul avec lui, d'ailleurs ? Pourquoi s'est-il parfumé ? Pourquoi ai-je l'impression de le voir pour la première fois ?

Il s'installe à côté de moi, sur le canapé, pour me montrer les dernières œuvres maternelles sur son portable.

— C'est vraiment pour vous donner une idée...

Il me tend le téléphone et nos mains se frôlent. Un courant électrique me traverse. J'ai de plus en plus chaud et mon cœur recommence à cogner dans ma poitrine.

A-t-il ressenti la même chose ? Un nouveau sourire s'insinue sur son visage et nos regards s'accrochent. Une, deux minutes. Ce n'est pas une bonne idée. L'alcool doit me tourner un peu la tête, et la fatigue aussi. Je ne lui plais pas. Je lui plais ? Je n'en sais rien. Il ne dit jamais rien.

Il ne parle plus non plus et ne me lâche pas des yeux. Il approche doucement son visage du mien.

*OH MY GOD !*

— J'ai très envie de t'embrasser, murmure-t-il, et je ne sais pas pourquoi.

Impact dans 10… 9…

— Menteur !

8… 7…

— Terreur des bacs à sable.

6… 5…

— Tête de fenouil.

4… 3…

— J'adore ta…

2… 1…

— … franchise.

0 !

Zéro pointé ! Alors que ce qui devait arriver allait arriver… le carillon de l'entrée retentit : sa mère est là. C'est une mauvaise blague ? En fait, non ! Elle pousse la porte sans attendre et, en moins de temps qu'il n'en faut pour le dire, elle est devant nous.

— J'ai interrompu quelque chose ? demande-t-elle.

— Du tout, répond Yann rapidement.

« Où es-tu ? »

« Tu surfes à L.A. ? »

« Plus de news. Où est ma BFF ? »

« À lire dernière chronique de Anna W ! Trop la classe ! »

« Dead or alive ? »

Sur Instagram, Facebook et Twitter, mes followers ne cessent de me relancer. J'ai reçu quantité de messages plus ou moins intéressants mais je n'ai répondu à aucun. Je ne sais pas ce que j'ai. En fait, je n'ai pas le temps.

Avec la ferme, la fête, mes rencontres avec Camille, le boulot avec Yann, je ne trouve pas un moment pour consulter mes comptes. Avant, au petit déjeuner, à ma pause de 13 heures et le soir, je n'arrêtais pas de liker et de twitter. Ici, je discute avec Solange, Camille, voire Jacotte. Je lis les journaux régionaux et mes magazines fétiches. J'ai même lu des livres, ce qui ne m'était pas arrivé depuis des lustres. On a toujours quelqu'un à table avec nous le soir ou un jeu à faire toutes les deux. Je suis nulle au scrabble et excelle au mille bornes. On ne s'ennuie jamais ici.

J'ai lancé des centaines d'invitations via Internet. J'ai parlé de la fête sur tous les blogs et forums possibles et imaginables. Grâce à Yann, on doit passer sur *France Bleu* avec Thierry Ferrare jeudi tantôt, sur *RCF* et *Forum* samedi matin. Laurent et Sarah pour *BIP TV* sont déjà venus filmer les préparatifs et reviendront dans le week-end. Tous ces gens sont géniaux et je suis vraiment heureuse qu'ils s'investissent ainsi dans notre projet. L'émulsion gagne le cœur des Porretimonastériens (du curieux nom dont on affuble les habitants de Montipouret), et plus généralement de tous les Berrichons. Je ne pensais pas cela possible. C'est un peu un miracle de Noël en avance.

La soirée d'hier a été très agréable, même si j'aurais préféré qu'elle soit différente. La mère de Yann est une personne très ouverte, joviale et extrêmement bavarde. Nous avons passé une bonne soirée. Lorsque je suis partie, elle était encore là. Il m'a raccompagnée jusqu'à ma voiture, pour me « protéger » de Max, a-t-il prétendu. Quand il s'est penché pour m'embrasser, j'ai posé un doigt sur ses lèvres. « C'est aussi bien comme ça », ai-je simplement dit, et je suis montée en voiture. Je pars dans quelques jours. À quoi cela servirait-il de commencer quoi que ce soit ici ? Je mourais d'envie de l'embrasser mais je ne peux pas toujours penser qu'à moi. Aider Solange à distance, je pourrais le faire, mais aimer, ce n'est pas possible. Alex avait raison sur ce point.

Je me connecte sur Skype pour joindre mon patron que je souhaiterais inviter ce week-end. Après plusieurs tentatives infructueuses, j'obtiens enfin le son mais pas l'image. J'interpelle Jean-D. en vain. Je n'entends que des bruits de fond et je vais couper la connexion lorsque je reconnais les voix d'Hélène et de mon boss qui surgissent du brouhaha.

— Hé oh, je suis là claironné-je.

Ils ne m'entendent pas. Hélène – enfin, j'imagine que c'est elle puisque j'entends ses talons résonner – va jusqu'à la porte du bureau de Jean-D. et la ferme. Le son est meilleur mais toujours impossible de me faire entendre.

Je réfléchis une seconde au fait d'écouter une conversation privée sans y être invitée. Je me sens un peu comme Sharon Stone dans *Silver*[1] – enfin, dans les (rares) moments où elle est habillée – et je vais appuyer sur le bouton « fin d'appel » lorsqu'Hélène prononce mon prénom. Mes bonnes résolutions au placard, je décide d'écouter ce qu'elle trame derrière mon dos.

— Tu lui as dit ?

---

1. Film « à voir mais à oublier » de 1993, réalisé par Philip Noyce avec Sharon Stone et William Baldwin.

— Non, pas encore, répond Jean-D.

— Il faudrait, pourtant. Ce n'est pas la peine qu'elle revienne si tu comptes la zapper.

J'ai dû mal entendre. Zapper qui ? Moi ? Elle est folle, cette pouf !

— Hélène, je n'ai pas encore pris ma décision à ce sujet.

— Arrête, tu vois bien qu'elle est juste pas fraîche, ton Amanda !

Pas fraîche ! ? Quelle morue ! Je suis la meilleure collaboratrice de Jean-D. depuis plus de dix ans. S'il me vire, il faudra qu'il se trouve quelqu'un d'aussi doué et bosseur que moi (je dis ça – pour une fois – sans aucune prétention), et ce n'est certainement pas Hélène qui lui donnera satisfaction ! Je me doutais bien qu'elle manigançait quelque chose, celle-là. Depuis qu'elle a franchi la porte de l'agence il y a neuf mois, elle ne cesse de briguer ma place et elle ne s'en cache même pas. Une petite arriviste de 23 ans ! Tu vas voir comment je vais la retourner comme une crêpe en rentrant ! Elle ne perd rien pour attendre !

— Tu sais très bien que nos clients ne se reconnaissent plus dans sa façon de travailler et que ses idées sont aussi mémérisantes que son *dressing code*. Elle n'est plus dans le *game*, Jean-D. !

Dixit la femme qui a adopté les tenues moulantes « and so vulgaires » de Kim Kardashian en imaginant qu'elle était « in » ! Un jour, elle a même porté un tailleur-pantalon entièrement en imprimé léopard ! *THE fashion* faux-pas par excellence ! Et cette peste voudrait me donner des leçons de mode ! ?

Heureusement, Jean-D. voit clair dans son jeu et il ne va pas se passer de moi comme ça.

— Je te le concède.

Il lui… QUOIIIIII ! ? La moutarde me monte au nez et j'écume de rage. Je vais en prendre un pour taper sur l'autre ! Je hurle un flot de grossièretés mais ils ne m'entendent toujours pas.

Une fois que j'ai fini mon œuvre cathartique, je reprends le fil de leur conversation qui a dérivé vers une autre bonne nouvelle.

— Et quelle couleur pour la chambre ? Je pensais, pour la sortie de l'hôpital, à la robe bloomer Dolce & Gabbana en popeline ; qu'en dis-tu ? Tu sais, celle avec l'imprimé très coloré…

— Je pensais qu'elle ne se faisait qu'en six mois.

— Oui, mais je demanderai à un ami couturier de la reprendre ; elle sera parfaite dedans.

Je ne comprends pas trop. Hélène veut porter une robe bloomer ? Oh, génial ! Ça risque d'être drôle ! Elle est hospitalisée ? Quand ? Que j'aille lui apporter un peu d'arsenic pour son café du matin ! Je ne saisis pas l'histoire des « six mois » jusqu'à ce que… doucement… les pièces du puzzle… prennent leur place… et forment le plus horrible des tableaux…

Il y a erreur sur la marchandise… Jean-D. ne peut pas… Il ne sait pas. Il est GAY !

— Nous allons avoir un fabuleux bébé, mon loulou.

J'ai la tête qui tourne. Je crois que je vais vomir.

Trahison.

Jean-D. songe à me licencier. Il couche avec Hélène et lui a fait un enfant.

Apocalypse.

Jean-D. ne peut pas être hétéro. Pourquoi ? Parce que :

1. Il a un poster des fesses de Daniel Craig dans son bureau ;

2. Il a pleuré quand Robert Downey Jr a épousé une femme ;

3. Il ne rêve que de danser avec Matt Bomer, la star de *Magic Mike* ;

4. Il s'habille comme l'Homme-Mystère de *Batman* ;

5. Dernière objection et non des moindres : *Dirty Dancing* est son film préféré !

Je dois rentrer fissa à Paris. L'état d'urgence est déclaré. Un séisme de magnitude 10 000 ne va pas tarder à avoir lieu. Je suis la seule à pouvoir tout arrêter.

# 20

Lorsque je traverse l'open space de mon entreprise, chacun retient son souffle. On me jette des coups d'œil inquiets et personne ne songe à croiser mon regard, ne serait-ce qu'une seconde. On pourrait entendre une mouche voler et les gouttes de sueur se former sur le visage de mon boss. Il sait que je suis là. Il sait ce qui va se passer. Il sait que son bureau va finir en champ de bataille. Et il sait qu'il a tout intérêt à ranger ciseaux et agrafeuses s'il ne veut pas que je refasse le portrait de sa dulcinée style Sally[1] dans *L'Étrange Noël de M. Jack*.

Ce matin, je me suis parée de mes plus beaux atours. Je resplendis dans ma jupe crayon et mon chemisier d'un bleu dur. La *working girl* dans toute sa splendeur. Avec talons vertigineux et collier plastron fait main : Camille m'en a fait cadeau juste avant mon départ.

— J'espère qu'il te portera chance, a-t-elle simplement bredouillé avant de fondre en larmes.

1. Personnage du film d'animation susnommé, Sally est une poupée de chiffon qui ressemble à une version féminine de la créature de Frankenstein avec ses membres cousus et son sourire largement « fendu ».

Le bijou qu'elle a confectionné à mon intention est magnifique, digne d'un grand créateur avec sa chaîne couleur argent et ses pierres fines turquoise. Pourtant, il ne ressemble en rien à ce qui se fait actuellement. Il est ethnique mais chic, précieux sans être bling-bling. C'est vraiment le plus beau présent que l'on m'ait jamais offert.

J'ai fait bonne figure devant elle ; je l'ai serrée contre en moi en refoulant mes larmes. J'ai fait l'adulte. Je lui ai dit de ne pas s'inquiéter, que je reviendrai vite, que Yann avait tout en main pour mener à bien le week-end, qu'ils n'avaient pas vraiment besoin de moi, en fait. J'ai tenté de la faire rire en évoquant mon inadaptabilité à la faune berrichonne et mon incapacité à parler la langue du pays. Elle a secoué la tête, incapable de mettre un mot devant l'autre.

Elle n'était pas dupe.

Je ne l'étais pas non plus. Lorsque son visage a disparu sur le quai de la gare, j'ai craqué. Je n'ai pas vu Yann. Je me suis sauvée comme une voleuse. Je lui ai laissé un mot que Camille lui remettra dans la matinée. Je sais qu'il fera ce qu'il faut. Quant à Solange, elle a compris et m'a laissée partir en promettant de l'appeler dans le week-end.

— Je serai rentrée demain, ai-je annoncé.

— On verra, on verra. Prends le temps dont tu as besoin... J'ai tellement aimé que tout soit avec moi, mais il te faut trouver ta place ou la regagner. Suis ton instinct. On reste en contact quoi qu'il arrive.

Maintenant, tout ça est derrière moi et je dois faire face à une autre réalité. La vraie. Celle du travail. Pour ne pas perdre ma place, je dois évincer la concurrence et faire ramper à mes pieds le si versatile Jean-D.

Tiens, tiens, Hélène a visiblement pris de l'avance : mon bureau a déjà été débarrassé et mes affaires sont vaguement entassées dans un carton de champagne. Y aurait-il déjà eu une petite fête, ici ? Sans doute pour célébrer une nouvelle ahurissante ? N'y a-t-il que moi pour comprendre que quelque chose ne tourne pas rond dans cette boîte, ou un autre personnage audacieux aurait-il découvert la supercherie ? Ma plus proche collaboratrice peut-être ? À la voir plonger dans le bottin comme s'il s'agissait du *Vogue* collector de 916 pages[1], j'ai comme une idée de la réponse... Ou alors Fred, qui s'occupe de démarcher les entreprises ? Il m'a demandé de l'accompagner à son premier cours de salsa il y a deux mois parce qu'il est assez réservé et j'avais accepté. C'était sympa de ma part, quand même ! À vrai dire, il ne serait pas faux de dire que je n'avais rien à faire ce soir-là et que sans son invitation, j'aurais fini au lit avec mon pot géant d'Häagen-Dazs aux noix de macadamia... Alors, Fred ?... Je le cherche du regard et finis par repérer un mouvement furtif sur ma gauche. Il attrape son blouson et s'esquive sans demander son reste, comme s'il était recherché par la CIA. Visiblement, je suis la seule à avoir découvert le pot aux roses... Je dois me rendre à l'évidence sans rien perdre de ma superbe. Je pousse donc la porte du bureau

1. Magazine sorti en septembre 2012 avec Lady Gaga en couverture pour célébrer les 120 ans du mensuel de la mode. Pour info, il pesait 2,4 kg.

de mon patron puis tire les stores avant de m'installer dans le fauteuil qui fait face au sien. Négligemment assise sur son bureau, Hélène me toise.

Les hostilités peuvent commencer. Je rive mon regard à celui de Jean-D. et :

— Tu m'expliques ?

Il semble un peu désarçonné par la rudesse de mon entrée en matière. Il n'est pas habitué à ce que je sois aussi franche et belliqueuse même s'il m'en sait capable. En effet, je me mets rarement en colère mais lorsque la « bête » est lâchée, il est ensuite difficile de lui faire entendre raison. Tous, ici, se souviennent de la dernière fois où cela m'est arrivé. C'était le 15 octobre de l'année dernière. Il était 15 h 37 et un client venait de me contacter pour m'annoncer que les quatre-vingt-dix personnes attendues à la réception de 16 heures s'étaient multipliées par quatre. Là, j'avoue, j'avais clairement perdu mon sang-froid face à sa mauvaise foi.

Jean-D. me glisse un sourire et réajuste sa cravate violette avant de répondre. C'est un bel homme quoiqu'un peu trop efféminé pour moi. Grand, mince, brun, les cheveux en bataille mais le costume impeccable, il ressemble à un enfant qui aurait enfilé les vêtements de son grand frère. Ses traits fins et son visage poupin renforcent encore cette impression de candeur. Il ne fait clairement pas son âge.

— Tu es une collaboratrice hors pair mais tu sais très bien que dans notre métier, les changements sont nécessaires, inévitables pour assurer la pérennité de l'entreprise. Chaque jour, une nouvelle agence s'implante avec de nouvelles idées, des financements plus importants. Pour garder nos clients, nous devons toujours être à la pointe et…

J'explose sans attendre.

— Arrête de vouloir me la faire à l'envers ! Je ne suis pas tombée de la dernière pluie et j'étais avec toi à chaque fois que tu as mis quelqu'un à la porte, alors ne me sers pas la même daube !

— Quelle vulgarité ! souffle Hélène.

— Toi, ta gueule ! rétorqué-je aussi sec.

Je ne me suis jamais connue aussi grossière ; c'est sans doute l'air de la campagne qui a détendu ma langue.

— Nous n'arriverons à rien en nous insultant, essaie de tempérer Jean-D.

Je prends sur moi pour redevenir maîtresse de mes émotions.

— Alors, fais-la sortir du bureau tout de suite, s'il te plaît.

Elle saute par terre avec agilité – encore une qui va être enceinte sans prendre un gramme de trop ! – et va pour répondre lorsque Jean-D. pose sa main sur la sienne en signe d'apaisement.

— Mon chou, laisse-nous, tu veux ? Je ne veux pas que tu assistes à ça, c'est trop d'émotions pour toi. Il faut te ménager, dans ton état. Va prendre un chocolat au Starbuck ; je te rejoins dès qu'on a fini.

Son ton cajoleur me donne la nausée mais a l'effet escompté sur Hélène qui ramasse son sac à main Gucci avant de quitter la place.

Voilà, nous sommes enfin seul à seul. Devant moi, mon patron, mon premier boss, celui qui m'a tout appris et que j'ai aidé à monter sa boîte. Je n'ai jamais compté mes heures pour tirer CommuniCare vers le haut, parce que je voulais que Jean-D. réussisse et que le Tout-Paris parle de nous comme de la meilleure agence d'événementiel de la capitale. Au départ, nous étions deux ; à présent, mon boss a une secrétaire et neuf employés, ainsi que deux freelances chargés de trouver les endroits les plus insolites à proposer en séminaire en France comme en Europe. Des industries pharmaceutiques, des entreprises de premier plan nous confient désormais leurs événements. Tout ça, c'est grâce à nous deux ; Hélène n'a rien à voir dans l'histoire.

Pendant plus de trente minutes, j'invoque notre histoire commune pour tenter de retrouver grâce à ses yeux et lui faire comprendre qu'il fait une erreur en me licenciant. Je ne me suis jamais si bien vendue.

— Il ne faut pas le prendre personnellement, me dit-il finalement. C'est le jeu de l'offre et de la demande.

Cette seule remarque suffit à me faire basculer.

— Arrête de te foutre de moi !

— Amanda, mon Dieu ! Tu jures comme un charretier !

— Amandine, s'il te plaît ! C'est Amandine, mon prénom. Amanda, c'est pour les clients, pour faire genre !... Et je jure parce que tu me mets hors de moi. Je te connais par cœur et je voudrais que tu sois honnête au nom de notre amitié !

Il se redresse, piqué. Il reste silencieux quelques minutes avant de reprendre la parole.

— On fait un marché, tu veux ? Je te donne un sujet et tu dois me proposer un événement clé en main. Je donne la même épreuve à Hélène et après, on compare.

— Je ne…

— C'est à prendre ou à laisser.

Voilà donc où nous en sommes arrivés… Ah, la belle amitié ! Je passe outre mon envie de pleurer et adopte un ton très professionnel.

— Échéance ?

— Quarante-huit heures.

La pilule a du mal à passer.

— Lundi ?

— Tu bosses tout le week-end et lundi matin, à 10 heures, vous êtes toutes les deux dans ce même bureau et je juge. Si ton idée est meilleure que celle d'Hélène, je te garde ; sinon, on se dit au revoir.

— Tu ne la vireras pas, elle ?

— Ne sois pas ridicule ; elle attend mon premier enfant ! Je ne suis pas un goujat ! J'ai des principes !

Sans doute, mais leurs limites semblent assez floues… Jean-D. a bien changé depuis que je suis partie… ou bien est-ce latent depuis des mois et ne me suis-je rendu compte de rien ?

L'image de Camille sur le quai de la gare s'impose à moi. Puis, c'est au tour de Solange d'envahir mon esprit. J'entends ses pleurs derrière la porte et croise son regard sévère. Je dois prendre une décision, choisir entre mon boulot ici et la fête là-bas. Je n'ai pas encore le pouvoir d'ubiquité. J'en veux à Jean-D. de me mettre dans cette position. Mes vacances ne sont même pas finies ! Face à son regard décidé, je sais bien qu'il est inutile de tergiverser ou de tenter de l'amadouer.

En deux lettres, mon destin est scellé.

# 21

Je prends le métro pour regagner mon appartement. La journée est froide, pluvieuse. J'espère qu'il fait meilleur là-bas. J'essaie cependant de ne pas trop y penser et de garder en tête mon objectif.

Lorsque je pousse la porte de chez moi, une vague odeur de renfermé assaille mes narines. Les stores sont fermés, l'appartement silencieux comme un cloître. Mes affaires sont dispersées un peu partout mais je n'éprouve aucun plaisir à les retrouver. Machinalement, j'allume la télévision puis file sous la douche. Propre et fraîche, je commence à réfléchir au projet que m'a donné Jean-D. Comment faire du lancement de la dernière friandise pour chiens un événement *hype* ? Ça, c'est une bonne question ! On est loin de l'attrait que pourrait représenter l'ouverture d'un *flagship* Victoria's Secret [1] sur les Champs-Élysées ! Encore, si ça avait été des biscuits pour chèvre, j'aurais pu demander de l'aide à Jacotte ! Allez, j'arrête, je dis n'importe quoi. Sans

---

1. *Flagship* signifie « magasin phare » censé lancer une marque et faire le buzz. Victoria's Secret est une marque de lingerie américaine.

bonnes idées à 20 heures, je me fais livrer une pizza afin d'éviter de croquer dans un des gâteaux dont je dois faire la promotion… Je m'étends dans le canapé sans arriver à dormir et ce n'est qu'au petit matin que la fatigue terrasse mon esprit agité.

C'est la sonnerie de mon portable qui m'éveille. Je sais que Camille a essayé de me joindre hier mais j'ai filtré ses appels. Je ne me sentais pas capable de lui répondre.

— Allô, Amandine ?

Je reconnais la voix immédiatement et une délicieuse chaleur envahit mon ventre.

— Yann ?

— Oui ! Quoi de neuf en ville ?

— Et vous, là-bas ? Comment ça se passe ? Quelle heure est-il, déjà ?

— 9 h 23.

— Vous êtes prêts ?

— Oui, rassurez-vous, on gère !…

Le fait qu'il me vouvoie à nouveau me fait une peine immense.

— Je voulais vous demander, poursuit-il, si vous aviez gardé le numéro de portable de Laurent de *BIP* ? Parce que je ne sais pas ce que j'en ai fait et je n'arrive pas à remettre la main dessus ! Je devais le rappeler pour qu'il me dise exactement à quelle heure il devait passer ; il veut interviewer les comédiens !

— Les Fricassées d'musiaux ! Génial ! Je vous envoie son numéro par SMS dès qu'on a raccroché…

— Bon, ben, j'vous dérange pas plus longtemps. J'imagine que vous devez être très occupée…

— Quel temps fait-il chez vous ? demandé-je précipitamment.

Je n'ai pas envie qu'il raccroche, pas tout de suite.

— Soleil éclatant. Suffisamment chaud. Ça augure une belle journée !

— J'espère… Et Solange ? Comment va-t-elle ?

— Très bien. Elle a hâte qu'ils enlèvent le plâtre ! C'est prévu pour mardi qui vient. Sinon, elle a fait vingt litres de thé glacé et pas moins de huit tartes. Elle en est déjà à son cinquième café depuis ce matin.

— Café ?

— Oui, pourquoi ?

— Nan, pour rien, d'habitude elle n'en boit pas, c'est tout… Faites attention à elle, d'accord ? Et mettez-la au déca à partir de midi, s'il vous plaît.

— Bien, chef ! Allez, je vous laisse ; j'ai encore des choses à préparer et Camille m'appelle…

— OK, bye.

Il ne m'a même pas demandé si j'allais rentrer et quand. À croire qu'il s'en fiche… Cette pensée m'attriste plus que je ne saurais le dire. Je repense à notre baiser avorté et me dis que c'était peut-être un signe.

Je fais un tour dans la cuisine pour me préparer un café mais il ne passe pas. Trop fort pour moi. J'avale deux vieilles biscottes et enfile mon jogging Roots. Puis, je lance ma sacoche sur mon épaule et quitte l'appartement. Je ne peux pas travailler ici. Tout est trop figé, trop plein de souvenirs, et pour créer, j'ai besoin d'une atmosphère plus propice.

Je prends le métro en sens inverse mais au lieu d'attendre l'avant-dernière station de la ligne pour sortir, je m'arrête à Glacière. Après une dizaine de minutes de marche, je pénètre dans le parc Montsouris et trouve un coin tranquille où me poser sous un splendide cèdre du Liban. Son odeur particulière m'apaise instantanément. Je démarre mon PC et me connecte à Internet grâce aux nombreux hotspots[1] installés récemment.

Je suis mieux ici qu'à n'importe quelle terrasse de café bondée et bruyante. Mieux qu'au bureau où mes affaires sont prêtes à être expédiées via UPS. Mieux que n'importe où ailleurs... sauf... Non, non, non, je ne dois pas penser à tout ça, à ce que j'ai quitté. Il faut que je sois un peu sérieuse ! Je ferais quoi, en Berry, avec mon diplôme de chef de projet événementiel ? Du fromage de chèvre avec ma tante ? Des tartes aux barriauds ? Des soirées à thème « Cucurbitacées en folie » avec Yann ? Des thés dansants avec option scrabble ? Non, mon monde, c'est celui de la capitale. Je ne sais rien faire d'autre. Au jour d'aujourd'hui... Ah non, pas « au jour d'aujourd'hui » ! C'est complètement dépassé comme expression ! Voilà que je me mets à parler comme Dédé à présent ! Je suis contaminée ! J'ai attrapé le berrichon comme on chope le chikungunya ! Je ris toute seule.

Le parc est peu animé ce matin et cela me convient fort bien. Il fait toujours un peu frais mais, au moins, il ne pleut pas. Quelques accros au jogging et des personnes âgées solitaires arpentent les allées. Personne ne me prête attention.

---

1. Bornes Wi-Fi.

Vers 15 heures, après avoir avalé un beignet, je commence (enfin) à m'immerger dans le projet. Les idées fusent. Je songe à un défilé de mode avec des chiens accompagnés de leurs stars de maîtres au salon de thé Ladurée situé sur les Champs… ou bien à un goûter d'anniversaire au Musée des Arts décoratifs… Bien entendu, tout ça a un coût et je compose mille numéros pour proposer à mon boss des devis tout compris, avec des formules insolites. Je pourrais peut-être contacter un chef… quelqu'un que l'on voit beaucoup dans les médias, style Norbert Tarayre, qui concocterait un menu aussi intéressant « gustativement » pour nos amis à quatre pattes que pour nos quatre ou cinq VIP triés sur le volet. C'est un pari suffisamment audacieux pour intéresser un cuisinier hors pair tel que lui. D'ailleurs, à Berlin, il existe un restaurant qui sert des mets de luxe pour chiens et chats ! Rien de semblable pour l'instant à Paris. Il me faut donc lancer la mode ! Jean-D. va adorer !

En quelques heures, en quelques clics, je retrouve le plaisir de faire mon travail, de créer un événement de bout en bout. Je sens que je maîtrise mon sujet.

Quand le soleil commence à sombrer, j'ai trois concepts à proposer à Jean-D. Demain, je devrai encore peaufiner plusieurs choses mais le plus gros est fait. Hélène a intérêt à avoir bossé… D'ailleurs, même si c'est le cas, je vais la battre à plates coutures. Cependant, la perspective de continuer à travailler avec elle ne me donne pas trop le sourire.

Le dimanche matin, c'est à nouveau la sonnerie de mon portable qui me tire des bras de Morphée.

J'ai mieux dormi cette nuit. Je me sens reposée, et ce même si mon réveil n'indique que 6 heures !

La voix de Solange m'apparaît un peu lointaine, sans doute à cause de la faiblesse du réseau.

— Alors, ma belle, comment ça va ? Tu as pu discuter avec ton patron ?

Je lui explique l'ultimatum de Jean-D., puis à quoi j'ai employé les dernières trente-six heures. Elle se montre conquise par mes idées.

— C'est vraiment ton truc, la communication et tout. Je suis contente pour toi que tout se passe comme tu le souhaites.

— Et pour toi ? Y a-t-il eu du monde hier ?

— Incroyable ! Je n'ai jamais vu autant de gens à la ferme ! Yann a été super ; il a vraiment tout géré d'une main de maître. Tu l'aurais vu ! Il savait tout ; il était à droite, à gauche. Répondant aux questions des journalistes, installant de nouvelles chaises pour les spectateurs retardataires, taquinant Camille qui était déguisée en Indienne, et lui en Billy the Kid ; il était beau comme un camion avec son stetson. Et puis, nous avons accueilli notre premier camping-car avec la jeune femme que tu avais eu au téléphone. Ils semblent très contents tous les deux et ce matin, on petit-déjeune tous ensemble.

Je souris en repensant à mon Clovis Cornillac berrichon. Tout à coup, je suis un peu trop émue et les mots demeurent prisonniers de ma gorge. Solange continue à me raconter les péripéties du samedi et souligne que la recette de ce premier jour est si grosse qu'elle tient à peine dans deux boîtes à sucre.

— La maman de Yann a même vendu deux tableaux et elle a commencé à esquisser la maison avec Jacotte devant. Elle veut m'en faire cadeau en souvenir de ses premières ventes. Elle a vraiment beaucoup de talent, cette femme. Et qu'est-ce qu'elle est drôle !... À propos, Camille se débrouille pas mal du tout avec les enfants aussi. Elle a maquillé une petite fille ; on aurait vraiment dit une fée des forêts. Magnifique. Pleine d'arabesques délicates et de couleurs... Tu sais qu'on a eu droit à la visite de l'ensemble du conseil municipal vers 11 heures, hier matin, et à un speech de M. le Maire. Il a dit que c'était une idée géniale, ce genre de fête directement chez l'habitant, et qu'ils allaient songer à développer ça...

Je ne l'arrête plus. Elle évoque également la troupe de théâtre et le public nombreux qui est venu assister à la représentation. Seul bémol : une averse éclair qui a perturbé le jeu des comédiens sans entamer l'humeur bon enfant des spectateurs.

— Merci pour tout, ma belle et je ne devrais pas l'dire mais tu me manques, murmure-t-elle avant de raccrocher.

Je regarde autour de moi. Mon PC est resté allumé toute la nuit. Sur mon smartphone, le témoin lumineux clignote : j'ai reçu de nombreux SMS me confirmant des options prises avec divers prestataires. Les affaires reprennent. Je suis de nouveau dans la place, à la bonne place.

Une sensation étrange me submerge. Je la laisse s'insinuer de plus en plus profondément en moi jusqu'à ce qu'enfin, elle me possède tout entière. Les dernières semaines envahissent chaque recoin de ma mémoire. Flash-backs. Les visages familiers se succèdent ; la tristesse, Jean, la belote, le loto, la tarte aux barriauds, la foire, Valentin le coq belliqueux, la fromagée, mon talon cassé, l'odeur d'anis de Dédé, le rire de Camille, les croissants de son père, Jacotte, ma Solange, Yann. J'ai l'impression de tout revivre en une minute seulement, comme si j'allais mourir.

Comme si j'allais renaître.

Moins d'une heure plus tard, je suis en train de faire le plein d'essence.

Je rentre.

Chez moi.

Voilà, c'est tout pour aujourd'hui… ce n'est pas la fin de mon aventure, juste la fin de la première partie de mon histoire. Je ne sais pas si je suis devenue autre chose qu'une fashion addict obsédée par son dressing, mais j'ai bon espoir, en tout cas.

Je dois vous laisser, à présent. Camille m'appelle : elle tient absolument à me montrer comment endormir une poule… J'apprends tous les jours ici… ;o)

Votre Didine

Découvrez la suite des aventures d'Amandine
dans *L'Amour est une bulle de savon*, Éditions Ramsay

Amandine, Parisienne overbookée et fashionista jusqu'aux bouts des ongles, décide de s'installer à la campagne dans la ferme de sa tante après avoir découvert les charmes d'une vie bucolique lors de ses dernières vacances.
Elle découvre alors la réalité d'une vie qu'elle n'imaginait pas : au lieu du sac dernière tendance, elle empoigne la pelle et la fourche ; la chèvre Jacotte devient sa nouvelle confidente. Même si notre héroïne est une véritable experte pour faire les choses en dépit du bon sens, avant de tout larguer, elle aurait dû faire une toute petite CHOSE ! RÉ…FLÉ…CHIR !
Amandine est-elle vraiment équipée pour vivre cette vie ? Pas sûr ! La campagne, pour elle, c'est comme *Koh-Lanta* pour Chantal Thomas, *The Voice* pour Assurancetourix, *Qui veut gagner des millions* pour Mister Bean ! Bref, un défi ! Survivra-t-elle dans cet environnement plein de « codes incompris » ou retournera-t-elle à sa vie de Parisienne glamour ?

Également parus aux éditions La Bouinotte

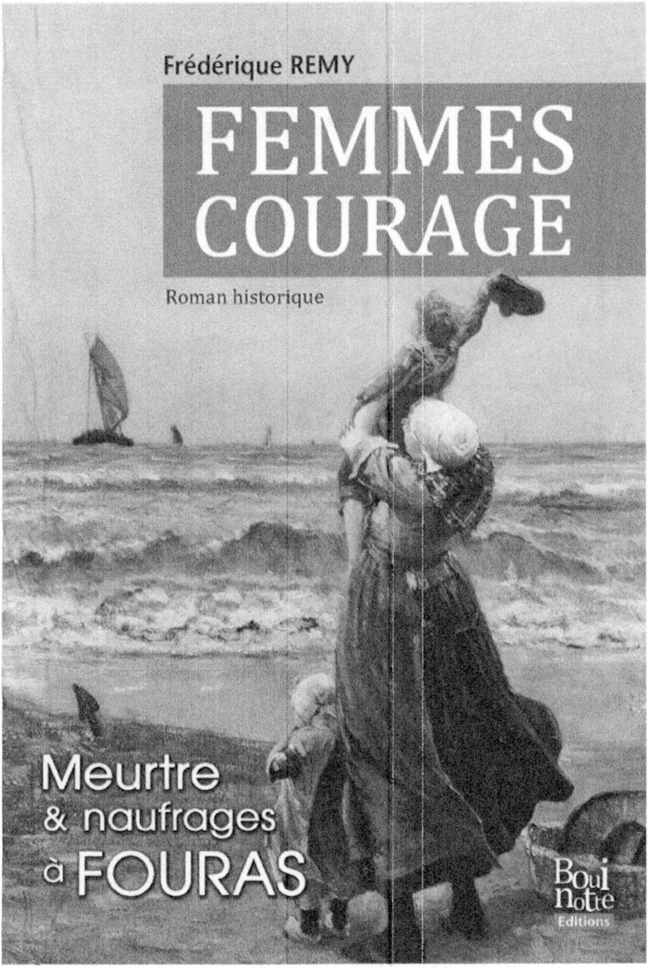

Jeanine BERDUCAT
Une Moisson
d'étoiles
Roman
Boulnotte
Editions

Jeanine BERDUCAT
Les Secrets
de Lise
Roman

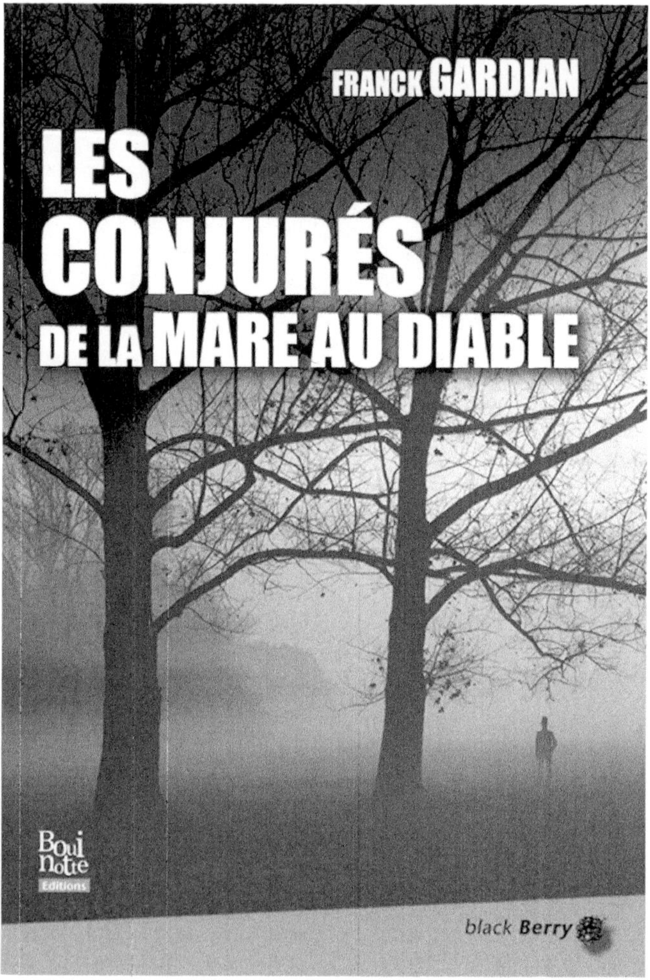
FRANCK GARDIAN
LES CONJURÉS DE LA MARE AU DIABLE
Boul Notte Éditions
black Berry

Avec le soutien de Ciclic - Région Centre-Val de Loire

Les éditions La Bouinotte bénéficient du soutien
de la Région Centre-Val de Loire,
de l'État (DRAC Centre-Val de Loire) et de Ciclic

36000 Châteauroux – www.labouinotte.fr

Achevé d'imprimer sur les presses de Présence Graphique

(Indre-et-Loire)

Dépôt légal : novembre 2021